香草
原作・插畫／MAE
203號室的妖怪先生
外傳小說
室友這種生物
U0131500

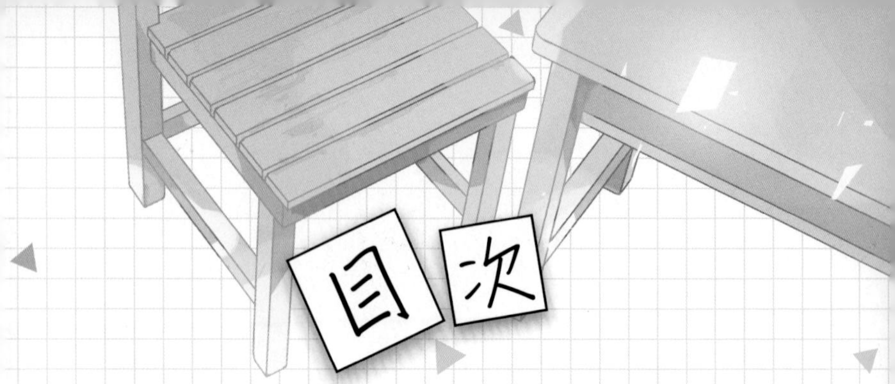

目次

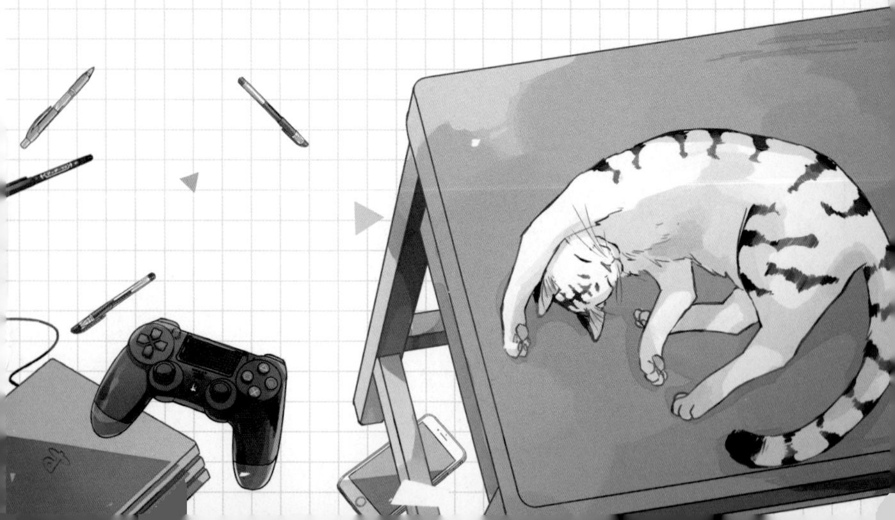

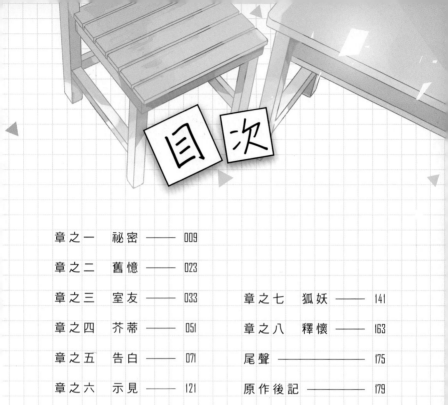

203號室的妖怪先生

外傳小說

室友這種生物

章之一　祕密

春暖花開，窗明几淨的二年三班教室內，綽號「唐僧」、上課幾乎是在唸經的老師，頌讀聲嗡嗡，襯著暖和又潮濕的天氣燻人欲——

——**跳樓!?**

有人跳樓!?

意識渾沌迷糊、上下眼皮早已經忍不住開始打架的阿新，透過半張的眼角瞄到窗外直直往下墜的身影時，嚇得瞬間清醒！

要不是從小被各式各樣奇怪的東西給嚇習慣了，已經練成了處變不驚的個性，他差點就叫出聲來了。

可是，他隨即注意到不對勁的地方了。

阿新深吸了口氣，不動聲色地環顧了下教室內的其他人。

除了他之外，課堂上的其他同學完全對剛剛窗外墜樓的身影視而不見，而且，他也遲遲聽不見重物墜地的聲響。

除了——

阿新立即看向不遠處的室友兼同窗——林鳴。

「果然——」

阿鳴雖然表面看起來沒什麼反應，可是仔細觀察的話，還是能看得出他渾身僵硬，顯然也被剛剛的情景嚇得不輕。

相較之下，其他的同學不但沒有絲毫異樣，阿新甚至還發現有不少人正腦袋放空，摸魚打混中。

「是說……剛剛的情景好像有些似曾相識啊……」

冷靜下來的阿新，突然想起曾經有個傢伙，也是這樣從窗外直直地往下掉，好像，就是阿鳴身邊那個叫「孰湖」的妖怪。

想到最近孰湖總是不厭其煩地在他面前晃來晃去，極力想要試探他是不是能夠看得到他們這些妖怪……

……**真是自作孽不可活啊！**

歸納出前因後果的阿新，只能感嘆一聲，十分後悔自己當初主動向孰湖搭話。

那時，他怎麼就那麼看不開!?

竟然主動去招惹那些妖怪!?

尤其是那個名叫孰湖的傢伙！

那傢伙根本就是像狗皮膏藥一樣，一旦被貼上來就再也甩不開了。

瞌睡蟲被嚇跑之際，下課鐘聲也恰好響起，阿新長吁了一口氣，整個人脫力地趴在桌上。

而不久前才在窗外表演一場「高空墜落秀」的孰湖，正飄飄然地穿過窗戶，走向他那倒楣的室友兼同窗。

而孰湖的身後，依舊默默跟著一個正咬著麵包的妖怪——酸與。

這兩隻妖怪，還真是形影不離啊……

「嘿嘿！剛剛有沒有嚇一跳？」

趁著下課的空檔，孰湖嘻皮笑臉地向稍早才備受驚嚇的林鳴詢問感想，這隻妖怪厚臉皮的程度，令人不由得驚嘆。

「剛剛的玩笑太過火了！我要是忍不住大叫的話怎麼辦!?」

林鳴從抽屜裡取出盒裝飲料，貌似淡然地喝著，邊用他們一人二妖才聽得見的聲量小聲說道。因為身邊還有其他同學在，所以表面看起來他只是托著臉發呆，並沒有抬頭往孰湖看過去。

孰湖聽出林鳴言語中的惱怒，立即一手指向不遠處正與同學打鬧的阿新。

「我就是想測試一下他會不會被我嚇到？」

「阿新？」林鳴愣了愣。

孰湖慎重地點頭。

林鳴抿起了嘴，更加不高興了。

「我與阿新認識了這麼久，他能不能看得到妖怪我會不知道嗎？你們就別瞎折騰了，我可不想因為我的關係，為阿新帶來任何麻煩。」

眼看林鳴是真的不高興了，孰湖手足無措地抓了抓頭，解釋道：「欸～～我不是在瞎折騰啦！有一次我與他擦身而過時，他對我說話了耶！」

……跟孰湖搭話!?

……誰!?

阿新嗎!?

怎麼可能!?

林鳴驚訝地睜大眼睛。

而沒等他追問，一直跟在孰湖身旁默默吃著麵包的酸與，先一步推翻了孰湖的說法。

「你說阿新主動和你搭話，可那時候我就在你身邊，卻完全沒有聽見。」

這下子，林鳴眼中的訝異迅速被同情取代了。

「孰湖，你這傢伙居然把自己折騰到有妄想症了啊……」

「他是真的跟我說話了，我沒有說謊！」

孰湖被他的反應弄得簡直是哭笑不得。

明明他跟阿新都是阿鳴的朋友，怎麼阿鳴對他們的信任度，就有這麼大的區別!?

偏偏阿鳴愈是懷疑，孰湖就愈想證實自己才是對的。

「眾人皆醉我獨醒」真的好痛苦啊——

孰湖雙眼放光地盯著不遠處，時不時把視線飄向他們這個方向的阿新。

「我一直都在試探那小子，可無論我做什麼，他總是面不改色……對了！我還有個大絕招——」

急於證明自己沒說謊的某妖怪突然靈光一閃，迅雷不及掩耳地閃現到阿新的面前，伸手解開皮帶。

想當初他和酸與第一次遇到阿鳴的時候，也是正脫掉褲子在擦……

「噗——咳、咳！」

察覺到孰湖的可怕意圖，林鳴頓時被飲料嗆到。

他邊咳邊衝到正打算一把脫下褲子的某妖怪身邊，迅速地出手捏住對方腰間的軟肉，毫不留情地用力一扭！

「啊啊啊——」

孰湖痛苦的慘叫聲頓時響徹整間教室。

「阿新，我肚子痛想蹲廁所，一會兒老師過來的時候你幫我告訴他。」向顯然被他嚇得目瞪口呆的阿新拋下這句話後，林鳴火速地拉著褲子半脫不脫的孰湖走出教室，說教去了。

酸與拍著翅膀默默地跟在後面。

「林鳴他……怪怪的。」

同樣被林鳴的殺氣騰騰給嚇到的阿新同桌，目瞪口呆地看阿鳴帶著一身殺氣去上廁所。

「天曉得……也許他很急吧！」阿新聳了聳肩道。

雖然表面上他看起來跟那個同學一樣，都是被阿鳴突如其來的行動給嚇到，但其實和阿鳴一樣能夠看得見妖怪的他，都快笑到內傷了。

……那位妖怪先生真的太搞笑了！

他是怎會想到脫褲子這招啊!?

不過，阿嗚大概是急瘋了吧，居然忘記他「看不見妖怪」，就算孰湖真的在他面前全身脫光，也不會有任何反應的這個「事實」。

但是，孰湖的試探真是愈演愈烈了。

這隻妖怪簡直是不到黃河心不死啊！

看樣子，他不得不考慮是否要繼續隱瞞實情了。

不然，下次孰湖要是真的全裸跑到他面前，他再冷靜，也有可能會因為忍不住笑而穿幫。

阿新一直在默默觀察著阿嗚與妖怪們的互動，也知道孰湖是怎樣的性格……（當然，如果阿新知道這妖怪不只想脫褲子，還打算在他面前拉屎的話，他應該笑不出來了，所以說，無知也是一種幸福。）

雖然當初之所以選擇主動向孰湖搭話，純屬一時心血來潮作出了那樣輕率的舉動，但是，也可當作他在潛意識裡已經不想再繼續隱瞞阿嗚了，他想要向對方坦白……

一開始知道阿嗚與他是同類時，阿新其實是非常高興的，也不是沒有想過向對方坦白。

只是那時候阿嗚的性格遠比現在更加孤僻，對別人總有著強烈的戒心，再加上，他和阿嗚也才認識不久，於是，他選擇保持著觀望的態度。

結果拖著、拖著，當他與阿嗚的關係愈來愈好時，他反倒錯過了向對方坦白的時機。

但就這樣一直拖著不說，要是某天阿嗚發現自己一直瞞著他，應該會很不高興，甚至會很生氣吧？

想到阿嗚有些傲嬌的小模樣，阿新雖然覺得還滿可愛的，但也有些不敢領教，別看阿嗚平常表現得總是很淡然，好像對什麼事情都無所謂，要是真的生氣的話，就特別難哄，不知道「坦白從寬」，有沒有機會得以減刑？希望屆時阿嗚不會太過生氣。

趁著午休時間，阿新走到了那些妖怪們白天聚集的地方——廢置儲藏室。

他想要跟阿嗚坦白的念頭已經存在了很久。

可是，他一直提不起勇氣。

一直以來，他都在尋找一個讓對方知道真相的契機，而這次……多虧了孰湖那糾纏、煩人的態度，也許就是一個坦白的好時機。

下定了決心，阿新打開儲藏室的大門。

「是阿新！」

「真的是阿新！」

「阿新真的來了耶！」

興奮的妖怪們繞過了地上那些用來擺爛、耍廢的軟墊、靠枕，熱烈地歡迎阿新。

走在最前頭的是孰湖，酸與、白虎、狡、類、寓跟在後頭，那群與阿嗚熟悉的妖怪們，全都聚在這裡。

撲面一陣廢宅的氣息襲來，讓阿新感到莫名的退卻之意。

「唉呀～～放鬆、放鬆！我們就只是想跟你交個朋友而已嘛！難得遇上看得見我們、又不怕我們的人類。」

孰湖笑著拍了拍阿新的肩膀。

「是說你還真見外啊！明明看得見我們，還主動與我搭話了，卻老是裝出一副看不見的樣子，害我今天還被阿嗚教訓了一頓呢！」

「所以說，這幾天你們一直糾纏著我，到底想幹什麼？」

推開撲過來的孰湖，阿新露出了一副「真是敗給你了」的表情，重重地嘆了口氣。

他當時一定是腦袋不清醒，不然怎麼會如此衝動耍帥與這隻妖怪搭話呢？

到底當時，他怎麼會認為這傢伙會心照不宣地為自己保密，然後，大家就可以繼續河水不犯井水地生活……

什麼叫做自作自受!?

這就是了！

不過……

阿新環視一眼這座他第一次進入的妖怪祕密基地，目光落在儲藏室外的陽台上。

……他們，還真是徹底利用陽台的每一分空間啊！

對於這群妖怪竟然能夠把這間儲藏室打造得這麼有居家感，他在心裡由衷致上十二萬分的敬佩。

這時，攀在狡身上的寓搶過說話權，笑嘻嘻地向阿新揮了揮手。

「阿新，很高興認識你！你是阿嗚的好朋友！我們都想知道更多你跟阿嗚的事情呢！」

「例如？」懷著一種莫名的敬意，阿新反問。

「例如，你跟阿嗚是怎樣認識的？你是從小就能夠看得見妖怪嗎？為什麼要瞞著阿嗚？」寓像好奇寶寶般地發問。

「你這幾天為什麼都不理我？」被擠到一旁的孰湖也連忙湊上前。

連酸與都不甘寂寞地湊起熱鬧，問道：「你認識阿嗚多久了？」

隨即，其他妖怪也圍過來七嘴八舌地詢問。

「除了我們，你還看過什麼妖怪？」

「要玩遊戲嗎？我推薦這款『心跳☆森林王子殿下2』！」

「你喜歡用坐式馬桶還是蹲式馬桶？」

「從一開始我們認識阿嗚時，你就已經知道他看得到妖怪嗎？」

阿新無奈地聽著眾妖怪你一言、我一言地發問，也不知道該先回答哪個問題才好。

而且，好像有一些奇怪的東西混進來了……

「心跳☆森林王子殿下2」到底是什麼？

還有……

馬桶？

是他聽錯了嗎？

阿新想了想，要是自己不滿足這些妖怪的好奇心，他們是絕對不會善罷干休，當初被孰湖與酸與糾纏不休的阿嗚，就是前車之鑑。

不過，阿新並沒有像阿嗚那樣，有與這些妖怪混熟的想法，因此，聊天可以，但有關他個人興趣與喜好的問題，就跳過了。

而且，這些妖怪跟阿嗚的感情那麼好，之所以這麼糾纏著他，大概也是想要打聽阿嗚的事情居多吧？

「大家安靜一下——」

阿新實在怕了他們，真不知道自己再不阻止，他們還會問出什麼稀奇古怪的問題，連忙要他們安靜下來。

「我就告訴你們，我是怎樣與阿嗚認識的好了。」

聽到有故事聽，妖怪們總算安靜了下來。

由孰湖打頭陣，一群妖怪把阿新帶到陽台，讓他坐在藤椅上。

而後，這群年歲加起來過千的非人生物，就像一群安靜專注聽著老師講課的學生般，眼巴巴地看著他。

阿新見狀，不由得勾起嘴角，腦海裡勾勒起初次與阿嗚相遇的那一天。

眼中浮現出一抹溫柔的神色。那天，他讓出一盒草莓牛奶，從對方手中換來一顆草莓糖。

「我第一次跟阿嗚見面，是上高中的第一天……」

章之二　舊憶

因為老家位於比較偏僻的小鎮，和學校的距離比較遠，因此阿新升上高中後，便選擇了住校。

高中的宿舍是兩人一個房間，而且還附有獨立的浴室廁所，麻雀雖小，但是五臟俱全。

開學日一大早，阿新便來到了宿舍，打算先把行李帶到自己分配到的寢室安頓好，再趁著這段時間和新室友先打聲招呼，順便聯絡一下感情。

然而推開門後，看到的卻是堆放在一角的行李以及冷冷清清的寢室。

「想不到那傢伙來得比我更早啊……」

而且，彼此的時間似乎錯過了。

不過，總會見面的。

阿新也沒太在意，迅速地把東西收拾、放好以後，就前往教室了。

原本，他還預留了一些時間想與未來的室友聊聊天，不過對方卻出乎意料地比他提早抵達宿舍，也不見蹤影。

眼看報到的時間還早，為了消磨這段因不可抗力而多了出來的時間，阿新索性走到福利社，目光巡視了一圈後，從冰櫃裡拿了一盒草莓牛奶。

旁邊同時伸出一隻修長的手，目標同樣是阿新看中的草莓牛奶，而手的主人，是一名與阿新年齡相仿的少年。

「欸？最後一盒了嗎？」看著阿新手上的草莓牛奶，少年縮回了手，一副非常失落的模樣。

因為少年的表情實在太沮喪了，因此阿新就向他搭話。

「這盒讓給你吧？」

「真的嗎!?」少年伸出手，似乎很想要又有點猶豫。

「嗯，拿去吧。」阿新將草莓牛奶遞給他，「我叫阿新，你也是高一生嗎？」

「你好，我叫阿嗚，高一生，牛奶3Q了。」

那名少年接過草莓牛奶，從口袋裡掏出一顆草莓糖拋給阿新，「這個，給你。」

阿新接下糖果，這才迎上少年的視線，發現少年有一雙很清澈的眼眸，卻給人很疏離的感覺。為那雙美麗的眼眸，他在聽到少年的自我介紹後兀自恍神，反應慢了半拍，而那個自稱是「阿嗚」的高一新生已經向他禮貌點頭後，逕自去結帳了。

……看來是個不喜歡與人交流的傢伙啊！

少年疏離的態度很明顯，阿新也沒有不識趣地繼續糾纏，只是他還是不經意會想起少年那雙充滿了疏離卻又清澈美麗的雙眸。

嘴裡含著酸酸甜甜的草莓糖，明明彼此之間只是陌生人，阿新卻莫名地有些在意。

因此，當他走進教室，意外看到那個才剛分開不久的身影時，臉上的笑容不由得更加燦爛了幾分。

「阿嗚，我們又見面了呢！」

「欸～～這就叫做搭訕對嗎？阿新準備要撩阿嗚了對嗎？這就是人類說的命中註定嗎？」好奇寶寶的寓，又是連珠砲地提問。

而且，當中好像又混入了奇怪的東西啊！

阿新撓了撓鼻頭苦笑。

「後來呢？」

眾妖怪們只顧著七嘴八舌地追問，卻沒有注意到儲藏室的門前有人探頭看了一眼後，又迅速地離去。

……阿新真的能夠看得妖怪？

所以孰湖說的話是真的？

……這是什麼時候的事情？

他是故意……瞞著我的嗎？

作為話題中心被眾人談論著的林鳴，慌慌張張地退出了儲藏室。

原本今天午休時，他還有別的事情要忙，沒有打算過來這裡。

只是預定的事情臨時改期了，而他又有這個空檔，想起最近孰湖時不時去逗弄阿新，都快要把他嚇出心臟病來了，便索性繞過來打算再好好教訓一下那隻老是搗蛋的妖怪。

然而，他卻遠遠看到一個本來不應該出現在這裡的身影，還來不及多想，又目擊到對方拉開了儲藏室的大門。

一開始，林鳴還沒聯想到自家室友能夠看得見妖怪，誤以為阿新有什麼事情，所以，來到這個廢置的儲藏室。

但沒想到，安靜的儲藏室裡居然傳出了妖怪們的歡呼聲。

「是阿新！」

「真的是阿新！」

「阿新真的來了耶！」

猝不及防被儲藏室裡傳出的聲音給嚇到，心中充滿疑問的林鳴，打消了光明正大現身的念頭，躡手躡腳地走到儲藏室前，從大門探頭進去偷看，正好看到了阿新推開興奮撲過來的孰湖。

「所以說，這幾天你們一直糾纏著我，到底想幹什麼？」

帶點無奈而溫和，的確是阿新的口吻，也清楚地陳述了那個讓林鳴震驚的事實——

他，看得見妖怪。

看著阿新在妖怪們前呼後擁下走向陽台，他不驚動任何人，悄悄地離開。

然而不同於表面上的平靜，林鳴的心裡卻掀起了驚濤駭浪。

無數疑問在他腦中反反覆覆浮現，令他久久無法平靜下來。

自從小時候把自己看得見妖怪的事情告訴好友，後來卻被人到處宣揚，被同學視為怪胎後，林鳴就已經不願意再相信任何人了。

所以當他終於擺脫了那些嘲笑、欺負他的小學同學，成為國中生，迎來了新的校園生活，林鳴決定把這視為人生的新開始，並發誓以後對自己能夠看得見妖怪一事守口如瓶。

他寧可獨自一人，不結交朋友，也不想與任何人親近。

可是升上高中後，阿新這個人卻闖入他的生命裡。

他們既是同班同學，又是同寢室的室友，再加上性格開朗的阿新實在是很討人喜歡。

久而久之，林鳴的身邊就多了這麼一個朋友存在。

而相較於阿新那種緩慢讓他接受的方式，孰湖這些妖怪則是強硬地硬闖入他的人生中。

想起當初被孰湖跟酸與糾纏時的悲慘時光，林鳴雙手摀住臉——

往事不堪回首，大概就是用來形容這種情況吧！

不過，也多虧了孰湖這些妖怪們的胡鬧、搗亂，林鳴練就了看到妖怪時，都能表現得足夠冷靜的功力，所以這麼久以來，他一直以為自己掩飾得很好，沒有讓阿新看出任何不對勁的地方。

誰知道，原來阿新與自己一樣……

他不單單能夠看得見妖怪，而且還認識孰湖他們。

……可那時候，一直與孰湖形影不離的酸與不是否定了孰湖的說詞嗎？

酸與說的話是真的嗎？

她是真的沒聽見，又或者只是配合著阿新，騙他與孰湖呢？

到底誰的話真？誰的話假？

誰又是故意在說謊欺騙他？

他一直是相信著阿新的。

但是阿新的隱瞞，讓林鳴覺得他的信任似乎給錯了人。

回想起先前孰湖屢次試探阿新，並信誓言旦旦地揚言阿新曾經主動與他搭話，阿新卻始終不動聲色，甚至很可能在暗中觀察他的反應取樂，聯合那些妖怪把他耍著玩，一想到這裡，林鳴心裡就覺得很難受，就像被全世界孤立、捨棄了一般。

在學校，他的身邊只有阿新與妖怪們。

阿新的欺瞞，對他造成的打擊非常大。

而這時他這才驚覺，兩人之間的友情並不如自己所認為得那麼穩固。

原來，一直在他的身邊、彷彿永遠不會離開他的阿新，可能只是他的想像；也原來，阿新在他的心裡面，遠比自己所想像得更加重要。

他……並不想失去這個朋友。

章之三　室友

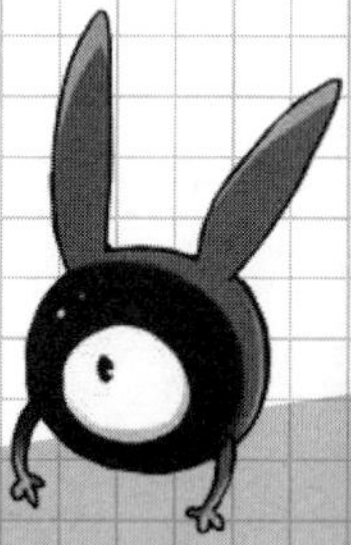

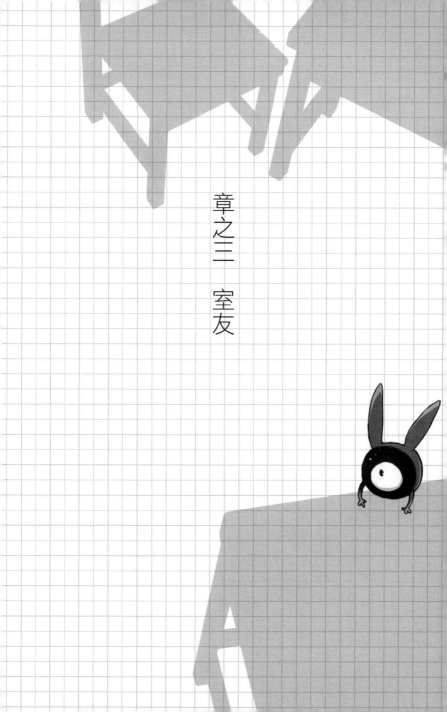

慌不擇路地離開了儲藏室，林鳴過了一會兒便逐漸冷靜下來。

而冷靜下來後仔細一想，他還是覺得阿新並不是那種會惡意耍著別人玩的個性。

至於孰湖、酸與那些傢伙……那群廢宅妖怪真的有這種智慧嗎？

更何況，如果孰湖與阿新是一夥的話，那就不會在他面前屢屢試探阿新了。所以，孰湖應該是無辜的。

而酸與……酸與也不像是會說謊的傢伙。

她也許是真的沒有聽見……

所以，隱瞞的就只有阿新而已嗎？

那個第一次見面就對他笑得格外燦爛，與他同窗、同寢一年多，不怕他冷臉，執意跟他交朋友的開朗少年，真的是個滿肚子心機的謊話大王嗎？

遊蕩的腳步停在樓梯轉角的自動販賣機前，林鳴從口袋裡取出一把十元硬幣，投幣後按下販賣鍵。

隨著重物落下的聲音，林鳴看著落入手中那盒草莓牛奶，陷入了回憶。

「阿鳴，我們又見面了呢！」

看著燦笑著向他打招呼的阿新，林鳴禮貌地向對方點了點頭。

「你好。」

雖然他只想安安靜靜地待在一旁，不想與別人有太深的牽扯，可是天生的教養，卻不允許他對於人家善意的打招呼視而不見。

阿新挑了挑眉，顯然還想對他說什麼。

不過很快地，對方便被其他熟絡地向他打招呼的同學轉移了視線。

看著被人群包圍著的阿新，林鳴心想，這傢伙肯定是個人緣很好的人。

不像他……

升上高中後，總有些考上同一所高中的國中同學被分配到同一個班級，他卻沒有哪個比較熟識的同學，那些國中和他同班過的人，只怕到現在都不知道班裡有他這個人吧。

就像他連國中的同班同學的名字也想不起來一樣。

不過，林鳴卻不會因此對阿新有任何羨慕、妒嫉的感覺。

他自己清楚自己的情況。

要是與人混熟的話，說不定哪天又會露出馬腳，被別人知道他能夠看得見妖怪。

所以從升上國中以後，他早就決定往後他不要與任何一個同學交好，只想平平靜靜地度過他的學習歲月。

與其被人們像觀看珍稀動物似的圍觀，他寧可獨自一個人樂得輕鬆。

以前是他年紀小不懂事，把自己的能力到處炫耀，才落得被別人視為怪物般的下場。

正所謂「受一次教訓，學一次乖」，他早就已經決定自己不會再這麼傻了。

掃了眼被包圍在人群中的少年，林鳴默默地收回了目光。

高中開學的第一天，一般並不會上全天的課。

班導引導同學們互相認識一下，交代了些事項後，便放他們自由了。

因此在開學日這天，同學們都沒有學習的心思，與其說是來上課，倒不如說這天是來交朋友的。

於是，下課時，不少人都已經有了自己的小圈子。

阿新開朗又健談，身邊自然也聚集了一些人，熱絡地商討著午飯後去哪裡玩。

林鳴則一個人收拾好了教材，揹起書包獨自回到了宿舍。

才剛過午後，空蕩蕩的宿舍裡靜寂得連呼吸聲都格外明顯。

林鳴一直專心地整理著床鋪，並沒有注意到大門的位置有人站在那裡，並且已經默默注視了他好一段時間。

直到聽到一陣敲門聲——

林鳴轉過頭，看著斜靠在門前的阿新，頓時驚訝地瞪大雙眼。

「你就是……我的室友？」

「是啊，想不到我們這麼快又見面了。」

阿新帶上門，愉悅地笑道，上前向林鳴伸出了手。

「雖然我們已經認識了，但還是再正式介紹一下——我叫阿新，將是你未來高中三年的室友，以後請多多指教！」

經過了最初的訝異後，林鳴也收起了臉上驚訝的神情，伸手與阿新握了一下。

「請多指教。」

想了想，他指著床鋪說道：「我以為你沒有那麼早回來，就先把東西放在下鋪，你不介意吧？要是你不喜歡的話，我可以跟你對調。」

阿新聳了聳肩。

「我無所謂，我睡上鋪就好了。」

說著，他也開始整理自己的行李。

兩人一時間陷入了沉默中，可是卻不覺得尷尬，反而有種悠然自得的溫馨與寧靜。

林鳴暗地裡打量著阿新。

接下來的高中生活，他大概是避不開這個人了。

他們不單是室友，還是同班同學，以後一定還有很多相處的機會，即使他想要疏遠對方，只怕也很困難吧……

更何況……這傢伙根本就一點兒也沒有因為他的淡漠而退縮。

難道他不想交朋友、不想被人接近的想法，表現還得不夠明顯嗎？

照這個態勢發展下去，以這傢伙的性格，要是不撕破臉的話，還真的無法疏遠他……

可是……

林鳴苦惱地嘆了口氣，先不說故意惹人厭這種事情他做不做得出來，他之所以疏遠別人，本就是不想引起不必要的麻煩，要是真的想故意做些惹人厭的事情，惹阿新厭煩，接下來兩人還需要住在一起，不是更麻煩嗎？

……算了，即使一起生活，也是可以做到河水不犯井水的。

往後只要一直對他不冷不熱的話，這傢伙應該會打退堂鼓了……吧？

林鳴並不討厭這個溫和爽朗的同窗兼未來室友，相反地，他對這個充滿陽光感的男生很有好感。

要是他們成為了朋友的話，林鳴難保自己的祕密不會被對方知曉，而與其將來被對方視為怪人，那倒不如一直保持著點頭之交的距離就好。

反正……阿新人緣那麼好，有那麼多的朋友，對這傢伙來說，朋友是多他一個不多、少他一個不少吧。

可出乎林鳴意料地，接下來的幾天，這位人緣極佳的同窗，卻用不著痕跡的方式，逐步與他親近了起來。

他沒有急著與林鳴裝熟或者糾纏著他，只是很自然地找著各種藉口與他一起出雙入對，像是偶爾買早餐或飲料時會多買一份給林鳴，或者主動找林鳴做分組作業。

要是一開始阿新過於死纏難打的話，也許林鳴會退縮，偏偏對方所做的事情雖然顯得親近，但卻又像是順手為之般的自然。

林鳴因為故意想與他保持距離，總想著要不要拒絕對方的好意，擺出一副不耐煩的態度，而且，對於阿新的友善刻意不給予回應。

但他很快就發現這傢伙也不知道是度量大還是神經粗，根本一點兒也不在意他的冷漠。

而林鳴又不是一個徹底絕情的人。

別人待他好，林鳴也無法繼續給對方冷臉。

而且阿新口才又好，每當林鳴露出想要拒絕的意思時，這傢伙總有各種的理由可以說服他，往往到了最後，林鳴不知不覺順著他的意思改變主意，接受了他的幫忙。

久而久之，事情不大的話，林鳴都會接受他的好意。

就像阿新說的，彼此是室友，互相幫助一些小忙是很正常的事情，沒必要什麼事情都斤斤計較。

不得不說，室友這層關係的確大大方便了阿新增加與林鳴的接觸。

藉著這層聯繫，除了住在一起以外，兩人每天都一起前往教室、一起吃午飯，快稱得上形影不離了。

漸漸地，林鳴前往學校時總會很自然地與阿新一起走，看到阿新有不懂的題目，林鳴也會主動幫忙。

就像溫水煮青蛙一樣，不知不覺間，林鳴對待阿新的態度逐漸緩和下來，可是他對此卻沒有自覺。

而隨著這些日子的接觸，阿新對他的瞭解似乎也愈來愈多了起來。

天生很擅長與人交流的阿新，當他想要討好一個人時，別人很難不對他產生好感。

很快地，林鳴便習慣了身邊有這麼一個人存在，而且，產生了有這個人在身邊也不錯的念頭。

待在阿新的身邊真的感到很輕鬆自在。

老實說，林鳴覺得沒有比阿新更好、更體貼的室友了。

顯然，對於彼此之間的友誼進度阿新是很滿意的。

於是，在林鳴已經默認了他作為朋友留在他的身邊時，阿新也曾經嘗試介紹他的朋友與林鳴認識。

可是每次他這麼做，林鳴便會立即變回初次認識時的冷漠模樣。

久而久之，阿新就放棄了。

相較於林鳴的自我封閉，剛入學已經是班上人氣王的阿新，又因為加入了足球社，成為校內的風雲人物。

高中時期，籃球、足球等社團總是特別受男生歡迎，所以入社的人員眾多，有不少人入社後直至畢業都無法進入正選，而阿新卻獲得了正選球員的位置，這點就足以看出他的運動細胞十分卓越。

林鳴不愛與人接觸，因此每次阿新練習時，已經習慣與阿新形影不離的他並不會靠近球場。

那段時間，足球社恰好都在忙著不久以後的賽事，阿新下課後，都留在學校練習到很晚，回到宿舍時天都已經黑了，與阿新相處的時間相對地大大減少，反倒讓林鳴有些不習慣。

然後，林鳴還記得那一天——

又一次在回宿舍的路上遇上同一隻小妖怪，林鳴沒有像前幾天一樣繞過牠。

妖怪有強弱之分，眼前這隻小妖怪應該處於妖怪中的底層，因此智力方面，也是像小動物似的懵懵懂懂。

牠焦慮地在路上亂轉了一會兒，便嘗試走向路旁的草叢。

只是路的兩旁因為工程的關係，挖了一條又長又深的坑道，而這隻小妖怪手腳短小又不會飛，走不過去，跳也跳不過去。

其實，這兩道長坑雖然佔了大半道路的長度，可是倒不至於沒有盡頭，一直往前走總能繞過去。

偏偏這妖怪走了一段路以後，覺得這方向繞不過就又折返回去。

結果，這兩道施工的長坑，竟然把這隻傻傻的小妖怪硬生生困住了好幾天。

林鳴猶豫半晌，便試探地向著那小妖怪伸出了手。

眼看那小妖怪傻愣著沒有什麼反應，林鳴鼓起勇氣抱起牠，迅速把牠抱往坑外的草叢。

這道深坑對那小妖怪來說就像是天塹般的存在，但對林鳴來說，只要把手伸長，要將那小妖怪放回草叢並不是難事。

當他快要成功將那小妖怪放回草叢之際，原本一動也不動，安靜地窩在他掌心的小妖怪，突然從他的掌心躍出，迅速竄進草叢裡。

本來就因為與妖怪接觸而繃緊著神經的林鳴，被那小妖怪突如其來的動作嚇到，一時間重心不穩就要掉下去。

慌亂之間，他伸手撐住長坑的邊緣。

然而，鬆散的泥土在他用力壓下去後，快速地鬆脫。

就在林鳴整個人往下掉落之際，突然一雙有力的手環抱住他的腰間，隨即被對方的力量將他拉至反方向摔倒，落入一個結實的懷抱裡。

還未從一連串的變故中反應過來，林鳴便聽到身下的「肉墊」笑道：「阿鳴，想不到你看起來這麼瘦，壓上來也是很重啊！」

「阿新？」林鳴呆住了。

「你先下去。」

「呃……抱歉……」林鳴聞言，連忙從自家室友身上離開，並拉著對方站起來。

剛剛為了護住他，阿新直接摔在地上，兩人的體重加起來，肯定摔得很痛。

「抱歉就不必了，不過剛才真危險，你到底在做什麼啊？」阿新溫和地笑了笑。

簡單的一句詢問，卻讓林鳴臉色變得煞白。

「我、我剛剛……」

他到底看了多久？

看到多少？

會覺得我剛剛的舉動很奇怪，很……不正常嗎？

一連串的事情發生得太突然，他不知道阿新到底什麼時候出現在這裡，就算想要說謊圓過去，也不知道該怎樣說……

曾經因為看得見妖怪而被同學排擠的過往，已經在他的心中留下了不可抹滅的深刻陰影。

原本，他已經決定這次要好好當一個「正常人」了，難道這只是奢望嗎？

「剛剛……我好像看到草叢動了動，是有野貓在嗎？」阿新拍了拍林鳴的肩膀，四下張望著問道。

「應該是吧……」阿新的反問讓林鳴出乎意料，連忙順著他的話答道：「我聽到有貓叫聲才過去看看，卻不小心差點掉下去……」

憶及剛剛差點被妖怪嚇得掉進坑裡，林鳴心裡還有些害怕。

不過，再一想到那小妖怪回到草叢時的興奮模樣，又覺得心裡很高興，他的嘴角不由得勾起一絲笑意。

「你還笑？我的背很痛啊！」阿新靠著他的肩膀，半玩笑地抱怨道。

「欸？沒事吧？需不需要看醫生？」

林鳴想起對方剛剛為了護住他，整個人背後著地重重地摔倒在地上，連忙想要查看阿新的傷勢。

他小心翼翼地攙扶著身旁比自己略高了半個頭的少年。

而明明只是背部撞傷的某位同窗，卻順勢把身體的重量都壓到林鳴身上。

「只是撞到而已，平常在球場也常跌跌撞撞的，這麼小的傷不用看醫生啦，回去以後你替我上藥揉揉就好。」

「……你自己走啦！又不是傷到了腿！」林鳴哭笑不得地推了推對方。

「哈哈哈！」那一身狼狽的少年靠著他，笑得更加地開懷。

兩人回到宿舍後，林鳴匆匆忙忙地拿出藥膏。

反倒受傷的阿新一臉輕鬆地阻止他。

「不急，剛撞傷的瘀青不能馬上推開，我們先換一套衣服去吃飯吧！剛剛跌倒在地上，身上都髒了。」

撞傷後不能馬上推揉，林鳴知道有這種說法。

「那需要冰敷嗎？」撞傷應該先冰敷，過一段時間才能推揉與熱敷。

「不用啦，只是撞了一下而已。」

看著不久前硬是把重量壓在他身上裝重傷患，回到宿舍後卻又立刻變得生龍活虎的阿新，林鳴都不知道該說什麼才好了。

不過，好歹對方救了自己。

因此，林鳴還是在睡前拿著藥膏，默默地站在阿新身前，眼巴巴等著為他推揉。

阿新似笑非笑地抬眼望著他。

「看什麼看!?脫衣服啊！」林鳴被盯得羞赧起來，有些惱羞成怒地喝斥道。

阿新也不再逗他，聽話地把上衣脫下，露出了令林鳴羨慕不已的健美身材。

阿新是那種穿上衣服看起來瘦，但實際上身材很好的人。

作為經常運動的足球社隊員，他無論是流線型的身型還是腹部的腹肌，都非常賞心悅目。

看了幾眼覺得有些不好意思的林鳴，示意對方轉過身去，一轉身就看見他的背部有些瘀青，面積比他想像中大了點。現在看起來還不明顯，不過睡了一晚以後，到了明天，看起來應該會很恐怖吧？

「你直接趴在床上好了，這樣我比較容易推揉。」

阿新聽話地趴在床上，林鳴在他的背上抹了一些藥膏後，便開始賣力地按揉起來。

兩人住在同一間房間，大家都是男生，更衣的時候也不會特別避忌，經常有看到對方身體的時候，但觸摸阿新，對林鳴來說還是第一次。

他覺得阿新身上的肌肉緊實又有彈性，摸起來的觸感不錯，不由得生出了自己也應該要多運動，像阿新這樣練出好身材的念頭。

「怎樣？難道我背後傷得很重？你突然這麼安靜，感覺還滿凝重的。」發覺林鳴的沉默，阿新開始逗他說話。

完全看不到背部的傷勢的他，多少也好奇自己這次「英雄救美」，到底傷得嚴不嚴重。

「不算嚴重，只是瘀青的範圍有些大。」林鳴回答。

阿新笑道：「沒關係，反正我皮粗肉厚，在球場跌跌撞撞都習慣了。幸好我及時護住你，不然以阿鳴你纖細的體型，還不知道會摔得怎麼樣呢，哈哈！」

言者無心，聽者有意，林鳴羨慕阿新的身材是一回事，自己的身材被人鄙視又是另一回事。林鳴內心一陣不爽，原本力度適中的推揉，頓時變成了用盡力氣般的按壓，阿新立即被他推得哇哇大叫。

「停！住手！」

「反正你體格健壯，又不像我纖細瘦弱，要大力點才好把瘀血揉開啊！」林鳴不但沒有住手，反而還加重了雙手的力道。

接下來，寢室不斷傳出阿新鬼哭神嚎的慘叫，林鳴覺得解氣的同時，卻意外地感到有些釋然。

他到底有多久，沒有像現在這樣與朋友打打鬧鬧呢？

此時林鳴的眼中沒有了以往的疏離，而是充滿鮮活的愉悅。

可惜阿新面向著枕頭，趴在床上，錯過了林鳴眼中燦爛的笑意。

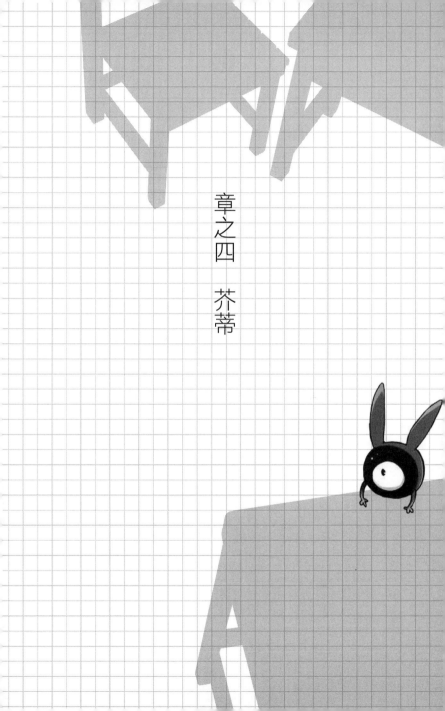

章之四　芥蒂

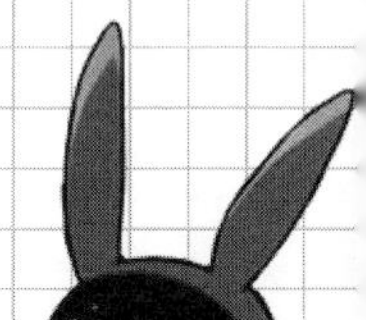

「……那個混蛋！」

大力地吸了口甜膩的草莓牛奶，林鳴的嘴角因為想起那些舊事而微微勾起。

他算不上是個度量大的人，對被騙這種事情難免耿耿於懷，然而，自個兒鑽了一會兒牛角尖後，雖然心裡多少還是對阿新的隱瞞覺得不舒服，可是，已經沒有一開始得知真相時那麼難受了。

其實……林鳴也有想過立刻折回去質問阿新。

但猶豫片刻後，他又打消了這個念頭。

阿新特意隱瞞著他，應該有著他自己的想法吧……

至少他自己也沒有準備好要告訴阿新，他能看到妖怪的事。

因此，維持現狀還是比較好。

林鳴仔細想過後，覺得自己和阿新根本半斤八兩。

只是，他和阿新認識好一段時間了，林鳴甚至視他為好友——

既然阿新願意去見孰湖他們，那為什麼不先來找他說清楚呢？

理智上可以釋懷阿新的隱瞞，但林鳴還是對於這件事感到十分在意。

而且，無論有什麼原因，阿新隱瞞他也是事實。

所以，他還是生氣了。

而他這個人脾氣一上來，通常一發不可收拾。

要是現在阿新和那群妖怪們主動來跟他解釋，他倒不至於會像那些連續劇的女主角那樣，「我不聽、我不聽」地各種天雷陣陣、狗血淋淋，不肯聽人說話，或耍起性子來。

但是以林鳴現在火大的程度來說，也不打算就此消氣就是了。

「哈啾——」

正在儲藏室與妖怪們說著往事的阿新，還不知道自己已經把某人給惹火了，只覺得背脊泛起了一陣寒意，不由自主地打了個大大的噴嚏。

「……感冒了嗎？」阿新揉了揉發癢的鼻子。

孰湖等一票妖怪手裡劃著十字，叨唸著「笨蛋才會在夏天感冒」、「病菌退散」，然後，幾雙眼睛巴巴地望著阿新，等著接下來的故事。

「咳……當時，就覺得他為什麼會露出那麼寂寞的神情呢？」

明明就是一雙很好看的眼睛，要是笑起來肯定會更好看。

因為忍不住在意，所以阿新很快就發現阿嗚顯然是有意為之。

每次與人互動時，他的反應都是淡漠又疏離，弄得那些想跟他搭話的同學，和他說個兩句就覺得沒意思。

那種態度，說是話題終結者也不為過。

這樣想交到朋友，也是天方夜譚吧？

那天下課，除了阿嗚之外，同學們大都結伴離開了教室。

而向來人緣就很好的阿新，身邊自然也聚集一群新朋舊友，一群人熱烈地討論著接下來要上哪兒去用餐、要做什麼活動。

阿新一向不排斥這樣的交流。

但是在那個當下，他不知怎麼突然就想起了阿嗚離開教室時的孤單背影，莫名地就失去了玩樂的興致。

他難得一見地婉拒了同學們的邀請，逕自走回宿舍，打算先把行李都收拾妥當再說。

與形形色色的人群擦肩而過時，他忍不住又想到了阿嗚，想到那雙明明笑起來會更好看的眼睛。

他的身邊，總是圍繞著各式各樣的人，因此，很少有什麼人需要他去費心討好與接近，阿嗚的淡漠算是個特例，可以說是這麼多年來他難得吃癟的體驗。

可是，阿新卻並沒有因此而不滿。

他只是覺得很不解，明明就覺得很寂寞不是嗎？

為什麼要抗拒別人的接近呢？

雖然只是不過幾秒很短暫的接觸，但他可以感覺得出來，其實阿嗚並不是那種陰沉、高傲，讓人一眼就覺得很難親近的人。

相反地，他和善又有禮貌，偏偏刻意弄得很低調，令人忽視他的存在。

阿新可以肯定他是故意的。

只是……他為什麼要這樣做？

這是阿新第一次主動地想要瞭解、親近一個人，即使對方並怎麼不歡迎他的接近。

出於這股執念阿新開始苦惱著，該怎樣跟對方混熟。

要是太刻意的話，只怕那傢伙會躲得愈遠，可是他不主動的話，想讓對方主動根本就是天方夜譚……

他在這樣心思不定的狀態下，推開了寢室的門。

然後，整個人都愣住了！

——居然是他！

他那還沒見過面的新室友，居然就是阿鳴。

望著那個正在整理著房間的背影，阿新不得不承認緣分這種東西還真奇妙。

而既然連老天爺都站在他這邊，向來是認定了就不會鬆手的高中少年更加堅定，他就不相信，自己不能將阿鳴這塊冷石頭給捂暖了。

所以，即使對方明確表示出不想與他深交，但阿新還是不想放棄。

不知為何從第一眼看到阿鳴起，阿新就特別在意這個人，他不希望在接下來的日子裡，只跟這傢伙當個點頭之交、彼此井水不犯河水的室友。

其實這個想法，從他和阿鳴在教室重逢時便已經浮現了，而對方又那麼湊巧地是他未來三年的室友，阿新更覺得這是命運的安排。

他想更接近這個讓他覺得十分特別的人，所以儘管並沒有主動去討好誰的經驗，但為了阿鳴，他願意去嘗試。

而隨著那段日子的接觸，阿新對阿鳴的瞭解也逐漸多了起來。

他知道阿鳴其實很聰明，課業成績很好；知道阿鳴愛吃草莓，但不會偏食。

發現對方這個特殊的小嗜好後，阿新每次想到初次見面時，對方如願買到最後一盒草莓牛奶的模樣，就覺得特別可愛。

也許第一印象真的很重要。

因為當時覺得阿嗚很有趣，阿新才會不由自主地將目光放在他身上，即使對方明明無比冷淡，他也厚臉皮地湊上去。

而成為同窗與室友相處下來以後，他更覺得阿嗚真是一個不錯的人，性格老實，與他相處很舒坦。

只可惜，每當阿新嘗試著把阿嗚拉進自己的朋友圈時，那傢伙總是像蝸牛一樣縮回殼裡般，又恢復那種保持距離的冷淡。

不過，阿新不急於一時。

如果沒有意外，他跟阿嗚作為室友，會一起度過整整三年的高中時光，他多得是時間，可以慢慢發掘阿嗚這個人的一切，弄清楚他逃避與人接觸的祕密。

只不過，阿新沒想到這個機會比他預期來得更快，令他猝不及防。

有段時間，足球隊總是訓練到很晚，阿新和阿嗚相處的時間相對少了很多。

而某天，結束足球隊的訓練的阿新，想起前陣子阿嗚常提起，卻一直沒有時間去買的遊戲片，剛好有某個隊友已經拿到了，所以他就向對方借來，打算給那傢伙一個驚喜。

可臨走時，阿新卻把遊戲片忘在更衣室裡。

「糟糕！」阿新有些煩惱地翻了翻側肩包。

「怎麼？你是忘了哪個妹妹的電話，還是掉了哪個姊姊的情書，一副天塌下來的模樣？」隊友不正經地勾著阿新的肩膀打鬧。

「要借給阿嗚的遊戲片忘在更衣室了。」

「喔！又是阿嗚？這樣刷存在感簡直跟正宮差不多了，兄弟你危險了。」隊友調笑。

阿新哭笑不得地讓其他隊友先走，自己折回足球隊的練習場。

雖然天空還未完全暗下來，但宿舍通往校內練習場的路上，已經能夠看見不少奇奇怪怪的東西出現了。

阿新直視前方、視而不見地繞過那些外型千奇百怪、無法被普通人看見、被稱為「妖怪」的黑影。

小時候因為一次意外，他從此可以看得見這些東西。

自那次以後，從小便人緣很好、身邊總是圍繞著人的阿新，就鮮少有讓自己落單的時候，尤其在妖怪特別多的晚上。

迅速地拿到遊戲片，阿新折返回宿舍，光線愈來愈昏暗的道路，讓他不禁加快了步伐。

雖然看得出遊走在路上的都是些能力不強的小妖怪，可他還是會忍不住想遠遠地躲開，最好不要接觸。

然後，他的腳步在看見某個熟悉的身影時，停頓了下來——

「阿嗚？」

走在阿新的前方，向著宿舍方向前進著的人，正是他的室友阿嗚。

阿嗚交友貧乏，又不喜歡參與活動，放學後鮮少到處亂跑。

認識了他這麼久，這還是阿新第一次看到這個室友在天都要黑了的時間，卻還未回到宿舍。

看到認識的人，讓阿新打算小跑著追上去跟對方一起走。

然而他的步伐才剛邁開，卻因為阿嗚奇怪的舉動，又打消了追上去的念頭。

本應直線行走的阿嗚，他的前方正好徘徊著一隻體型瘦小的黑色妖怪。

這種弱小的小妖怪對人類並沒有太大的威脅，因此阿新並不擔心阿嗚的安危，所以沒有上前提醒他。

而正因為阿新沒有出聲叫住對方，因此看到了驚人的一幕——

原本應該直直撞上妖怪的阿嗚，竟然突然繞了一個彎，避開了眼前的妖怪！

目睹了整個過程的阿新完全愣住了，好一會兒都無法反應過來。

……阿嗚他……難道與我一樣看得見妖怪!?

這個想法才剛浮現，阿新就無法控制內心的激動與興奮。

他能夠看得見妖怪已經很多年了，這還是第一次遇上與他有著同樣能力的同伴！

阿新不禁產生出衝上前詢問阿嗚的衝動。

可是很快理智便阻止了他。

他的能力並不是天生的，也一直對這事情守口如瓶，就連親人也不知道他擁有這種能力。

他很清楚這種看得見妖怪的能力，並不是人人都能夠輕易接受的，傳出去的話，他說不定會成為別人眼中奇怪的存在。

而且，他的高中生活才剛開始。

他不希望往後的日子都要在別人異樣的目光下過活。

更何況……單憑剛剛的事情，他也無法百分之百確定阿嗚是他的同類。

說不定，是有什麼他沒有注意到的事情讓阿嗚避開不走直線，沒弄清楚就貿然走過去詢問對方，實在過於衝動。

於是，阿新打消了上前詢問的念頭，遠遠尾隨著阿嗚返回宿舍。

回去後，他裝作不經意地打聽阿嗚今天的行動，才知道對方這幾天被老師抓去當壯丁，放學後需要留在圖書館裡幫忙，才會這麼晚回到宿舍。

不動聲色地打聽到阿嗚待在圖書館的時間後，第二天，阿新算準了時間結束社團活動，並躲在學校大門旁的大樹後等待著阿嗚現身。

果然沒過多久，阿嗚就出現在昏暗的道路上。

這條路，是從學校前往宿舍的必經之路。

會走這條路的大都是學生以及學校的職員。

放學時間早已過了許久，住宿的學生要不是已經回去了，就是外出去吃飯。因此這條路上變得冷冷清清，走了很久也不見一個行人。

阿新遠遠地跟在室友身後。

像這樣鎖定某個目標尾行的舉止，讓阿新突然覺得自己好像個變態，還是晚上出沒，專門劫財劫色的那種。

他不由得為自己這個怪異的想法而失笑。

雖然才認識不久，但也看得出阿嗚家境與他差不多，都一樣是小康之家，平常生活不至於拮据，但也不算富裕，真的要劫財的話，只怕是無功而返了。

至於劫色……

阿嗚的長相，的確還滿合他的喜好……

咳！扯遠了！

阿新拍了拍臉頰，讓自己不要再亂想些有的沒的，並繼續小心翼翼地跟在阿嗚的身後。

晚上的道路——

尤其沒什麼人會經過的道路，素來是妖怪們最喜歡出沒的地點。

和昨天一樣，那隻擋在阿嗚面前的小妖怪依然在路上徘徊。

阿嗚還是一副視若無睹的模樣，看起來與看不見妖怪的普通人無異。

只不過，在雙方快要相撞之際，阿嗚再一次避開了那隻妖怪。

而那條道路正在進行挖掘水管的工程，路的兩旁挖開了兩條長長的深坑，道路也因此變得更狹窄，限制了阿嗚的活動，讓他無法表現得很自然，只能側身避過眼前的妖怪，也讓阿新看出了他明顯的閃避動作，進一步證明了內心的猜測。

可是這作為證據還不夠。

畢竟，阿嗚這種迴避的動作也不算太奇怪，硬說他是走著、走著不喜歡走在路中央也說得過去。

阿新並不想這麼輕率地下定論，還是想要找到更加確實的證據。

於是，接下來的兩天，在足球隊練習結束後，阿新總是以各種藉口向隊友表明需要獨自離開，然後，算準時間在校門旁邊等待著阿嗚出現，並從後尾隨他。

弄得阿新的隊友都以為他的春天來了，撇下他們與佳人有約。

就連阿新對自己屢屢跟蹤阿嗚的舉動，也感到又無奈又好笑，深深覺得自己好像愈來愈變態了。

不過，因為對和阿嗚有關的事情都讓他十分在意，要是沒有得到一個答案，他就沒辦法放棄。

第三天，阿嗚再次遇上那隻小妖怪，卻沒有像一開始那樣繞過牠，而是停下了步伐，並且東張四望地觀看四方的動靜。

阿新被阿嗚突如其來的動作嚇了一跳，運動神經發達的他立刻躲了起來。

幸好他離對方夠遠，阿嗚在光線昏暗又是匆匆一瞥之下，也沒有發現他。

阿新拍了拍胸口，按下受驚的心情，隨即小心翼翼地探頭看去——

阿嗚一臉複雜地看著那隻在路上徘徊的小妖怪。

初次看到這隻小妖怪時，阿新被阿嗚的事情吸引了全部的心神，所以並沒有注意到牠的異樣，後來多次跟蹤阿嗚，屢屢在這條路上遇到這隻妖怪，阿新就發現牠遇到困難了。

那兩道施工的長坑，竟然把這隻傻傻的小妖怪硬生生困住了好幾天。

只見阿嗚猶豫了半晌，便試探地向妖怪伸出了手，並迅速把牠抱往坑外的草叢。

一直躲在旁邊偷看的阿新，不由得感到意外——

想不到一直無視著妖怪存在的阿嗚，原來也不如他想像得那般無情啊。

他有些出神地看著不遠處，在朦朧的夜燈下，露出了如釋重負的燦爛笑容的室友。

那笑容……讓總是渾身散發著疏離氣息的少年，整個人瞬間都鮮活了起來。

……**原來這個人的笑容，是這麼好看的嗎？**

心臟不受克制地怦怦亂跳著，阿新只覺眼前的人瞬間變得閃閃發亮。

然後——

「然後呢？然後呢？」

攀在狡身上的寓，瞪圓了雙眼，心急地追問道。

「然後當然是英雄救美、花前月下、以身相許。」類勾起了一抹謎樣的笑容。

阿新哭笑不得地摸了摸鼻子，都不知道怎麼吐槽這隻亂用成語的妖怪。

然後……然後在阿嗚差點摔進坑裡時，他頭腦一熱，下一秒已經忘了自己是尾行跟蹤，衝出去，先一步做了人肉墊子了。

英雄不英雄的只有上天知道，而壓在他身上的「美」，倒是因為他的出現，臉色死白得比他這個受傷的人還難看。

看著阿嗚臉色蒼白，原本清澈的眸子浮現出深深的恐懼，阿新頓時覺得心疼不已。

為了不讓阿嗚為難，他主動為對方找了個下台階。

阿嗚果然順著他的話，裝作若無其事的樣子，臉上也總算恢復了一點血色。

他的反應，證實了阿新心中的猜測。

當下，阿新心頭有一股狂喜的情緒蔓延開來。

他很想乾脆把自己的事情告訴阿嗚，讓對方知道他們是一樣的。

只是想要與阿嗚坦白的想法才剛浮現，腦海中便閃出阿嗚剛剛誤以為自己發現他的異狀時，臉色慘白的模樣。

隨即，阿新便想起了他早已褪色的過去——

小小的他單獨被留在廢棄廟宇裡。

他所信任的朋友們，把跑在最後的他，連同身後的陰影關了起來。

這令人不快的回憶，立刻打消了阿新向阿嗚坦白的想法。

當年的那些孩子，有的還是從祖輩開始持續了幾代的友誼。

可是在出現危險的時候，這些人卻毫不猶豫地把他撇下。

阿新理解他們的選擇，但卻也以此告誡著自己，不要如此輕易地相信別人。

人心難測。

就連認識這麼久的朋友也能夠說捨棄，就捨棄，他與阿嗚才認識了多久？

這麼輕易地對人掏心掏肺真的好嗎？

難道當年得到的教訓還不夠嗎？

雖然覺得阿嗚也是個有故事的人，值得結交，但那又如何呢？

把自己的祕密告訴對方，對現實並沒有任何幫助。

他們就只能像兩頭受傷的野獸，彼此互舔傷口而已。

更何況，他才剛與阿嗚成為朋友不久，彼此的信任並不穩固。

他並不想現在打破這種安穩的關係，也許阿嗚一個想不開，又再次縮回他的殼子裡。

望再說。

於是，阿新收起自己那些小心思，便決定將自己的能力保密，以後走一步，算一步，先觀望再說。

阿新輕嘆了口氣，他的故事就說到這了，接下來是要和這些妖怪約法三章。

「簡單來說，就是你幫了阿嗚之後，與他赤裸相見，然後在床上馬殺雞，還喊『不要不要』的，然後就把阿嗚成功攻陷了。」孰湖煞有其事地總結。

一群妖怪聚在阿新的身邊，聽著他與阿嗚認識的經過，全都聽得津津有味。

「……這麼說好像也沒錯，可是你能不能別把事情說得那麼奇怪!?」

阿新苦笑著吐槽孰湖，而又說道：「之後，不知道是我因他受了傷而心有歉疚，還是相處了一段時間後，他覺得我這個人可以結交，反正，就在那一次的事件之後，阿嗚對我的態度變得更加柔與自然了，是真的將我視作為朋友看待，沒有了先前的疏離與客套。」

阿新說到這兒，他停頓了下，最後做了個結語。

「總而言之，我把我與阿嗚的事情都告訴你們了，往後請你們別再打擾我的生活，我並不希望與妖怪有太多的牽扯，這點，我希望你們能夠尊重我的意願。」

雖然妖怪們做事很隨興，但還是有分寸的，若他嚴肅地拒絕了他們的接近，孰湖他們也不會真的死纏爛打。

更何況當初孰湖糾纏阿新的目的，現在都已經達到了。

「還有就是，我想請你們幫我再瞞著阿嗚一陣子。」阿新雙手合十，作出了一個拜託的動作。

孰湖挑了挑眉，不怎麼樂意地說道：「喂喂！你這樣很不夠朋友耶！我們與阿嗚是朋友，你還要我們幫忙隱瞞他。而且先前我告訴阿嗚你能夠看見妖怪時，阿嗚都不相信我，我早就想著要好好為自己平反了耶！」

阿新嘆氣著說道：「我知道這樣會令你們為難，也不是想一直隱瞞下去，只是希望能給我多些時間準備而已。」

寓不是問，我是不是從小就能夠看得見妖怪嗎？其實……」

為了取得這些妖怪們的允諾，阿新不得不將自己的童年舊事說出。

聽過阿新的故事後，單純的妖怪們都快哭了。

「原來……原來你曾經發生過這種事情！」

「也難怪你有陰影，不敢再相信人了。」

「放心，我們一定會替你瞞著阿嗚的！」

看到妖怪們一臉同情地說出自己想要聽到的話語，阿新暗暗握了握拳，也不枉費自己絞盡腦汁，將自己的童年說有多悲慘，就有多悲慘了。

也不知道，表面看起來對什麼事情都很淡漠、很怕麻煩，其實心腸柔軟得不得了的阿嗚，在聽到這個故事時，會不會像孰湖他們一樣？

裝可憐雖然可恥，但是有用時——阿新靈機一動。

……也許可以一試！

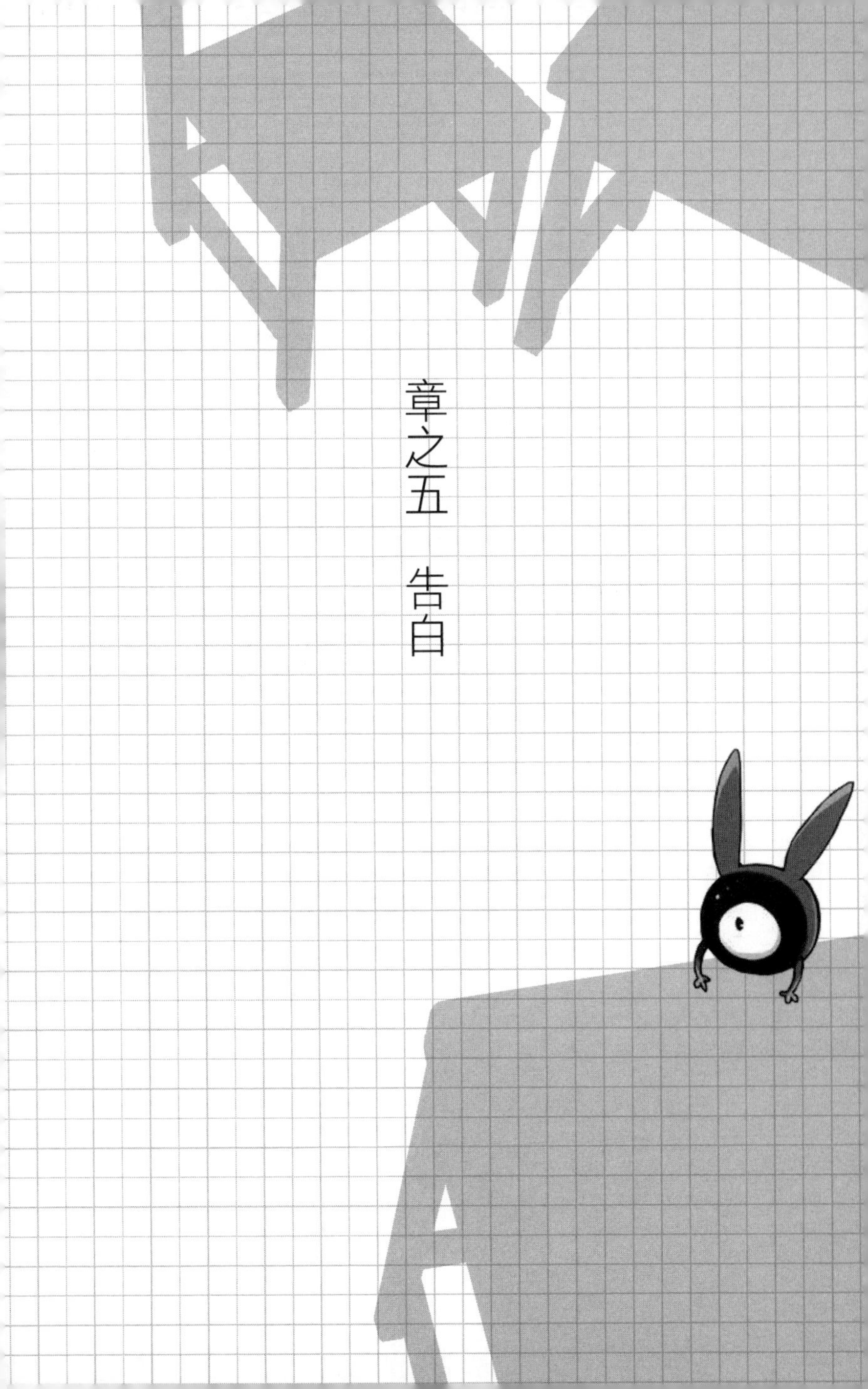

章之五　告白

外傳小說 203號室的妖怪先生
～室友這種生物～

「阿嗚，聽說學校附近開了一間新的餐廳滿好吃的，放學後要不要去吃吃看？」

跟一群千年老妖怪達成協議，覺得放下心中一塊大石頭的阿新，愉快地回到了教室，一見到阿嗚，就習慣性地笑著邀約。

「不了，你自己去吧！」

心頭有氣的林嗚，一臉「高貴冷豔」地拒絕了笑得陽光燦爛的室友。

「你怎麼了？你心情不好？」

「沒什麼……」

還不知道對方已經得知真相的阿新，被甩臉甩得一臉莫名。

阿嗚淡淡了他一眼之後，就不再理他，默默回到自己位處窗邊的座位。

一旁的同學見狀，取笑道：「真難得啊！連阿新都在林嗚同學那裡吃癟，你們的感情不是很好嗎？」

「也許阿嗚昨天睡不好吧？」他半開玩笑地和同學打鬧。他還沒意識到今天與妖怪們的「幽會」，居然被另一名當事人目擊，對阿嗚的態度雖然心裡有些疑惑，但也沒有太在意。

「哈哈！所以是說他有起床氣的意思嗎？這形容意外地可愛呢！」

「阿鳴不跟你一起去，不如我們今天放學一起去吃吧！」

「那間餐廳我也有些興趣，算上我一個！」

阿鳴雖然不賞臉，但阿新身邊的同學卻很樂意與他在一起。

教室內的氣氛，頃刻間又熱絡了起來。

阿新就是有那種讓人親近的親和力。

眾人玩鬧著的氣氛輕鬆自在，與阿鳴那邊略帶低氣壓的氣氛，彷彿兩個世界似的。

「阿新，你確定林鳴同學心情不好只是因為睡得不好嗎？不管他睡得好不好，不也都是這麼難相處嗎？」

原本是幾個男生沒什麼惡意的嬉鬧，班上其中一名女生卻突然插嘴說道。

「就是！林鳴那傢伙跩什麼啊!?要不是阿新你人好，誰願意理會他？」那女生身旁的同學也跟著附和。

「如果妳們繼續說阿鳴的壞話，那麼我就要生氣了喔。」

看著為他抱打不平的同學，阿新臉上的笑容依舊，可是眾人不知為何感覺到一股寒氣。

熱鬧的氣氛頓時一僵。

其他同學看情況不對，立即打圓場說道：「她們也只是說說而已，阿新你別這麼認真。」

「就是，你嚇到人家了，對女孩子要溫柔啊！」

阿新抓了抓頭髮。

雖然不高興她們拿阿嗚來說嘴，不過要是執著這一點的話，也許會為阿嗚帶來麻煩，還是能省麻煩就則省吧。

畢竟，阿嗚這麼久都沒交上幾個朋友，一直都是阿嗚故意遠離班上眾人，但還是別給他添麻煩比較好。

見阿新的態度有些軟化，那名女同學又趁機邀約。

「今天我們大家一起去試試新開的那間餐廳吧！怎麼樣？阿新你也要來嗎？」

阿新瞄一眼彷彿置身事外的阿嗚——

雖然不知道這傢伙在生什麼氣，但看樣子，短時間內是不會理他了。

「好啊！」阿新從善如流地答應下來。

有時候，也該給彼此一點自由的空間。

幾名女同學看到阿新答應了，偷偷交換了一個眼神。

阿新並沒有注意到她們的異常，但林嗚正好看到了。

雖然覺得這幾個女生的眼神怪怪的，不過這群人都是班裡與阿新關係很好的，阿新與他們一起應該不會吃虧，也就沒有特別留心了。

此時，老師步入教室。

那些興致勃勃討論的學生散開來，回到各自的座位去。

林鳴便也移開了視線，打開課本專心上課。

卻沒有發現阿新正看著他，眼中充滿了擔憂。

阿鳴似乎……有些不高興呢……

而且似乎在生我的氣……

為什麼？

阿新努力想著，卻怎樣也想不到自己做了什麼會惹阿鳴生氣的事情。

他們之間原本從一開始就是阿新主動攀談，才漸漸熟絡起來的，所以，阿新總會默默地觀察著阿鳴。

久而久之成了習慣，他總是能夠輕易從阿鳴為數不多的表情與小動作中，看出對方的情緒，也非常瞭解對方的喜好。

他可以感覺得到阿鳴隱忍不發的怒氣，而且是針對他的，可明明在午休之前，這傢伙還好端端的，跟他說話時也不覺得有什麼異樣……

今天也沒有什麼突發事情，就只有孰湖進來教室胡鬧搗亂時被阿嗚拉走而已。

想到阿嗚崩潰地衝過來阻止孰湖脫褲子，一臉囧樣地謊稱自己鬧肚子要去廁所時的模樣，阿新的嘴角不禁又抽笑了起來。

不行……又想笑了……

這實在是阿嗚的蠢事之一啊！

這件事都足夠笑整整三年了！

等等！該不會……

午休時，他不是去了儲藏室與那些妖怪們幽會……咳！與那些妖怪們祕密見面嗎!?

想到這件事源自於孰湖，而阿嗚今天的異樣是在午休以後，阿新終於意識到究竟是什麼事情，有可能觸怒到阿嗚了。

他進入儲藏室時，該不會被阿嗚看到了吧？

因為一直思考著「阿嗚也許發現了自己的隱瞞，然後開始胡思亂想地鑽牛角尖，最後阿嗚生氣了」的一系列猜測，接下來的幾節課阿新都心不在焉，一直偷偷觀察著阿嗚。

而阿鳴顯然也不是沒察覺到他的注視，偏偏就是故意不理會他。

結果，這幾堂課就在「我偷看你、你卻故意不看我」之下度過了……

而儘管猜出阿鳴生氣的理由，可能是因為得知了他能夠看得見妖怪的祕密，但是在不敢肯定自己的猜測是否正確的情況下，阿新自然也不敢跟阿鳴攤牌。

要是一切都只是他多想，他輕率地跑去向阿鳴坦白道歉的話，那不是弄巧成拙嗎？

要知道現在的阿鳴「傲嬌模式」全開，絕對不是自首坦白的好時機啊！

於是，苦無其他對策的他，就只能一直暗暗觀察對方，試圖想從中看出點端倪，再多的心思也只能在心裡打轉。

結果，阿新瞧了整個下午也瞧不出阿鳴到底為什麼不開心。

最後一堂課的鐘聲響起——

決定繼續裝傻的阿新，走到阿鳴桌前推了推對方。

「真的不去嗎？」

「不去。」

「欸……」

聽到那低了八度音的回答，阿新嘆了口氣，伸手揉了揉他的頭髮。

「阿鳴，你的傲嬌屬性怎麼好像又更嚴重了啊？」

「快點過去啦！別讓人家等著。」

林鳴沒好氣地拍開他在頭上亂揉的手，指了指他身後的同學們。

其他的同學一聽到林鳴的話，便笑嘻嘻地前來拉住阿新。

「阿鳴不想去，你就別勉強人啦！走吧，那間新餐廳人很多，我們要早點過去找位置。」

說完，就拉著阿新離去。

幾名同行的女生圍在阿新的身邊，臉上掩飾不住緊張與雀躍，還總是有意地把其中一個女生推往阿新身邊。

林鳴認出那個女生是他們班的班長。

至於其他人，林鳴只記得臉與名字，這還是因為他們是阿新的朋友，不然以他向來事不關己的態度，也許連名字都未必記得。

「班長她……大概是想要向阿新告白吧？」林鳴撇了撇嘴。

難怪她每次對上阿新的雙眼，就會慌亂地移開了視線，卻又在對方沒有察覺時，紅著臉偷看他。領悟到那些女生想要做什麼事情，林鳴心中的不爽又竄升了起來。

「真不錯……阿新老是這麼受女孩子歡迎……」

而且，那個女生還長得滿可愛呢！

阿新他……會答應嗎？

回想起每次班長與阿新說話時，班上那群女生害羞又雀躍的模樣，當時不覺得什麼，現在林鳴覺得自己簡直是被人放閃還不知道——

雖然，他家室友和人家還不是情侶。

但誰知道呢？

說不定吃完這頓晚飯就是了。

林鳴突然感受到這個世界，對單身狗滿滿的惡意……

他正因為阿新的隱瞞，心裡不痛快，而阿新卻高高興興地跟女生去玩了，實在令人感到不爽。

不過，林鳴似乎忘了，是他先任性地拒絕阿新的邀約，而且阿新也不是單獨與班長前往，同行男生人數更多的事實。

林鳴的腦海中只不停地重播著阿新與那個女生說話時的場景。

「室友有戀人了……」

那人卻不是我……

等等！

好像不太對！

林鳴覺得今天受到的驚嚇實在太多，害他腦袋都開始變得混亂，甚至有些奇奇怪怪的念頭混進去了。

內心不爽的青春期少年，決定放學後去找孰湖他們，旁敲側擊一下，他們到底瞞著他，跟他家室友在幹什麼壞事。

只是現在時間尚早。

必須等留校的人少一些之後再過去。

於是，一時間也不想到處跑的林鳴，在座位上取出課本，留在教室裡看書，先把功課做了。

班導偶然路過看到這一幕，不由得對林鳴的好學表示讚賞。

他一直都在暗中觀察這個學生，雖然有些不合群，還喜歡在課堂上睡覺，但是人家很聰明。

最難能可貴的是，這學生的成績一直很好，卻沒有因此而沾沾自喜。

課堂結束後，還這麼勤奮地留下來溫習與做作業，是擔心自己忘了剛學到的知識，所以才馬上復習嗎？

真是太有心了！

林鳴同學太優秀了！

老師好感動！

林鳴的舉動無意間感動了班導，從此，他對這個學生非常有好感。

而完全不知道自己這用來消耗時間的舉動，意外刷了某個不相干路人的好感度的林鳴，在一股怒氣難消之下，決定要找事情來洩憤。

女人不爽時都是逛街、購物。

而他不是女人，也沒有那麼多錢。

因此，他選擇大吃特吃！

當２０３號室的大門被打開時，一直乖乖待在裡面等待著被餵食的妖怪們，看到的是堆積如山、長了腿的餐盒。

「發什麼呆!?還不來幫忙!?」

聽到阿鳴的聲音時，眾妖怪才驚覺哪是什麼長了腿的餐盒，而是數量多得可以把他們家小高中生淹沒的餐盒。

醒悟到這一點以後，他們歡呼著衝上前，幫林鳴把東西拿進去。

孰湖還很狗腿地捏著林鳴的肩膀，嗲聲嗲氣地說道：「孩子的爹，公司今天發獎金嗎？怎麼買了這麼豐盛的大餐回來啊？要知道你一向是那麼的摳門……」

看著從來沒有正常過的孰湖，阿鳴很想一掌巴下去。

要是往頭打下去，可以把這妖怪打正常些嗎？

寓在一旁看得津津有味，也興奮地跑過來抱住阿鳴，並順著孰湖的話演下去。

「我之所以一直長不高，就是因為老爹太摳門了，所以一直吃不飽呢！」

說罷，這嬌小的小妖怪還用著衣抽抹著不存在的眼淚，並嗚嗚嗚地假哭起來。

……你是妖怪啊！大爺！

……再過一百年還是長不高吧!?

阿鳴連翻了幾個白眼，在心裡吐槽。

狡上前把寓抱起，並往上空拋了拋，玩起了飛高高的遊戲，彷彿在說「長不高不要緊，跟我在一起你想看多高的景色都可以」。

假哭著的寓頓時忘了「吃不飽、長不高」的悲情設定，坐上狡的肩膀，嘻嘻哈哈地笑了起來。

類在旁邊正忙著一個個將餐盒的蓋子打開，也打趣地笑著說道：「阿嗚是孩子的爹，那麼，孰湖是孩子的娘囉？」

孰湖聞言愣了愣，隨即看了阿嗚一眼後，竟然臉紅了，活像個被人輕薄的良家婦女。

「……」

喂！別臉紅啊！

你到底害羞個什麼勁兒啊!?

這稱號明明就是你先喊的，怎麼到最後反倒你自己害羞起來了!?

還有類，原本以為這些妖怪之中就只有妳比較正常……

結果，原來妳也不正常嗎!?

你們這群妖怪果然是物以類聚！

阿嗚的內心在拚命咆哮。

但因為對這群廢宅妖怪們吐槽，實在是浪費唇舌。最終，阿嗚只是眼神死地拋下了句：

「……開飯吧。」

下一秒，就發現酸與不知何時已經把披薩咬在口中了。

這群傢伙根本就沒一個是正常人！

不！他們根本不是人！

在心裡拚命吐槽著妖怪們的阿鳴，決定化悲憤為食量，也取出一塊披薩開始啃，在心中默唸眼不見為淨、耳不聞為靜。

可那群妖怪們吃著、吃著，又開始拳腳鬥毆了起來。

「我買了這麼多東西，根本不用搶吧……」阿鳴一臉無奈地表示。

「你懂什麼!?這是男人的情懷！」孰湖理直氣壯地反駁。

「哈哈哈哈哈！」

坐在狡的肩膀上指使著狡與孰湖對打的寓，發出一長串亢奮的笑聲。

吐槽點太多，林鳴懶得再吐槽，轉而看了看四周。

「白虎呢？他不在嗎？要不要留一些食物給他？」

看到這群廢宅妖怪在爭奪食物，林鳴總算想起這間教室裡少了什麼了。

「他……」

類正要回答，就見白虎正好銜著一袋食物，從外面翻窗而入。

自從與這些妖怪熟絡以後，林鳴已經很習慣他們不好好從大門出入，總是喜歡時不時從各種地方冒出來了。

所以，對於一隻貓咬著一大袋比牠的體積還要大的食物，居然還能輕易跳上二樓窗戶一事，林鳴表示已經完全不值得驚訝。

他比較訝異的反而是，到底什麼人會拿那麼多食物去餵貓咪啊？

這分量……要是一般的貓，吃幾天也吃不完吧？

果然，面對貓咪時，貓奴是這個世界上最不理智的生物。

「難怪剛剛沒見到你，原來貓陛下剛出去收取子民的貢品了。」林鳴邊打趣著笑道，邊接過白虎提上來的餐盒。

還挺沉的。

也虧人家白虎是神獸，不是真的貓，不然也不知道怎樣才銜得起來。

而站在窗框上的白虎舔了舔爪子，隨即很入戲地爪子一揮，豪邁地俯瞰著樓下的景色。

「好說——這都是朕的江山，子民的進貢是必須的！」

一旁吃著薯條的孰湖，隨手把薯條一拋——

貓陛下迅速躍上半空，一口把薯條吞下。

「哈哈哈！我也要玩！」

寓看著覺得有趣，拿起一包薯條便往上拋。

只是這孩子素來出手不知輕重，竟然把整包薯條都拋了上去，結果薯條在半空飛散而出，眼看就要散落在四處。

白虎眼中精光一閃，突然化身出多道殘影，竟然把那些薯條一根不漏地全都接進口中。

眾妖怪看到白虎的精彩演出，全都熱烈拍起掌來，隨即更是加入了拋薯條的行列。

頓時教室裡薯條滿天飛。

……這有什麼好耍帥啊!?

作為神獸，難道不應該有著神獸的威嚴嗎!?

再說白虎你作為神獸的速度，用在這種事情上真的好嗎!?

林鳴看得嘴角直抽，可是白虎完全不覺得被孰湖他們用一包薯條吊著，當雜耍動物般逗著玩有任何冒犯。

——**雖然俺是神獸，但也是隻很萌的神獸！**

白虎以他的行動，真誠表示。

對於妖怪們蠢得突破天際的互動，林鳴已經懶得再看，逕自打開白虎帶來的餐盒，頓時被裡面豐富的菜色所吸引。

「哇！好香！」

被食物的香氣吸引的妖怪們也不再鬧了，全都圍在餐盒旁邊。

「這餐廳的名字好陌生，附近有這麼一間餐廳嗎？」

聽到類的疑問，白虎頓時挺了挺胸膛，神氣地說道：「這是最近才新開的餐廳，那裡的食物超好吃的！晚飯時間要光顧的話，排隊至少要一小時以上呢！」

「喔喔！白虎好棒！」

「白虎你帥呆啦！」

附近的新餐廳？

……不會那麼巧吧？

林鳴立刻想起了今天阿新打算邀約他一起去吃的餐廳，看樣子即使不跟那傢伙一起去，他也是能夠吃到那間餐廳的食物，而且還不用排隊呢！

哼！

林鳴賭氣地在內心如此想著。

不過，雖然內心這麼想，可是話題一轉到那間餐廳上，林鳴的腦海裡馬上浮現出某人在餐廳裡吃香喝辣的情景，原本因為妖怪們吵吵鬧鬧而變好了的心情，再度沉了下去。

「孰湖，你今天早上不是說阿新能夠看得見妖怪嗎？」正好當事人就在自己身邊，林嗚狀似不經心地問道。

今早，孰湖信誓旦旦地告訴他，阿新能夠看得見妖怪，當時他是完全不相信的。

那些話言猶在耳。

雖然阿新隱瞞了他，可是至少孰湖沒有。

這麼想的林嗚，一直有些鬱悶的心情覺得舒爽了一點。

同時，為那時候自己對孰湖的不信任，也覺得有些不好意思。

然而，孰湖的話瞬間潑了林嗚一桶冷水。

「喔！那件事嘛，是我弄錯了。」孰湖回答道。

「弄錯了？」林嗚愣了愣。

「對……應該是我聽錯了。酸與不是也說她什麼都沒有聽到嗎？」孰湖的眼神開始飄移。

林嗚懷疑地瞇起雙眼，因為孰湖根本就是典型說謊者心虛的模樣。

雖然孰湖很想對阿嗚說出真相，但今天如願聽了故事後，他答應了阿新，讓他親自向阿嗚坦白的。

孰湖的回答讓林嗚一陣暴躁，很想衝上去揍他一頓。

明明今早孰湖還很誠實，結果才一個中午的時間就被阿新收買了！

虧他先前還覺得孰湖不會騙他，這下簡直是赤裸裸地背叛啊！

林鳴不高興地抿起了嘴，原本以為可以從孰湖身上得到些許的溫暖，以及作為朋友的信任，這下發現自己真的太傻、太天真了。

「可是今天早上你明明不是這麼說的。」

明知道孰湖不想承認，但林鳴偏偏執著地抓著這個話題不放，就是想看看孰湖還會說什麼。

誰知道孰湖邊吃東西，邊理所當然地說道：「哪有？那是你弄錯了！」

什麼!?

剛剛說自己弄錯，現在又說他弄錯，這笨妖怪就不能換個詞嗎!?

面對阿鳴充滿懷疑的視線，孰湖睜大雙眼，一臉誠懇地說道：「你這樣懷疑真是傷透了我的心，看我真誠的眼神！」

「……」林鳴頓時無語。

好吧，你贏了。

知道再問也不會從孰湖口中探聽到什麼，反而話題會被對方愈扯愈遠，林鳴直接放棄與他溝通了。

孰湖這妖怪臉皮非常厚，根本就不管自己說的事情是否合理，也不會管別人到底相不相信。

反正，孰湖他自己相信就行了。

正所謂「要騙人，先要騙自己」。

這一向是孰湖奉行的妖怪守則。

懶得再理會睜大純真雙眼，努力想唬弄自己的孰湖，林鳴轉而洩憤般吃著白虎帶來的食物。

的確是很美味。

而且美食有療癒的效果。

此外，還有一句名言叫做「一醉解千愁」。

正巧，林鳴去買晚餐時，看見酒精飲料大特價，可能是長相老成，店員也沒查看身分證件，讓他鬼使神差地買了幾瓶酒回來。

眼下一群妖怪吃著大餐，心情高興之下也不知道哪個誰把酒找了出來，然後，大家便開始拚起酒來。

雖然林鳴買的只是些酒精濃度不高的氣泡酒，香甜的滋味很容易入口，可是林鳴未成年，沒喝過多少酒，人生第一次喝酒還被這群妖怪們給灌醉了，於是，他只喝了兩杯，就開始有些不清醒了。

由於妖怪的體質本來就跟人類不一樣，這些酒對他們來說跟喝水沒什麼區別，等他們終於想起這裡還有一個未成年人在時，林鳴已經不知道喝了多少杯，整個人都已經在放空了。

不同於上次直接醉倒，這次林鳴雖然看起來呆呆地，可是沒有睡著，就只是坐在一旁不說話，誰也看不出他到底是不是喝醉了。

「誰又讓阿鳴喝酒了？」孰湖問道。

「阿鳴，你沒事嗎？」類擔心地詢問。

「沒事。」林鳴搖了搖頭，但似乎覺得有些暈，很快就停止了搖頭的動作。

見對方還聽得懂她的詢問，類安心地鬆了口氣，心想還好發現得早，阿鳴看起來沒有真的喝醉。

「真的沒醉嗎？可是阿鳴變得好安靜。」

「是因為上次鍛鍊了酒力，這次有進步了？」

「沒有醉的話，那阿鳴可以繼續喝囉？」

其他妖怪則圍在阿嗚身邊，七嘴八舌地討論著。

「繼續喝？那不好吧？阿嗚還未成年……」

聽見眾妖的討論，阿嗚把手中已經空掉了的酒杯舉起。

「我要繼續喝！」

「……他果然是醉了吧？」孰湖摸著下巴，掛著一抹耐人尋味的微笑。

雖然還能夠對話，看起來也不算很醉，不過未成年高中生要繼續喝的要求，還是被否決了。

他們還記得，上一次阿嗚醉得不醒人事，把人丟回宿舍後便吐了。

現在保持著要醉不醉的模樣就好。

要是像上次那樣整個人醉倒，萬一在這裡吐的話，要清理起來很麻煩的。

久等不到其他人為他倒酒，林嗚更不開心了。

「我要繼續喝！」

孰湖看得有趣，上前戳了戳他的臉。

「你不能喝了啦！」

「我要繼續喝！」

林鳴就是不停重複這句話。

其實，雖然他現在腦袋有點迷糊，但仍然有意識的，只是反應變得很遲鈍而已。

於是，只要產生出了某個想法，已經像漿糊似的腦袋，因為再也想不到其他的事情，就變得對某個念頭特別執著，甚至有著一股不到黃河心不死的氣勢。

見林鳴如此堅持，妖怪們也開始動搖了。

「不如……就給他再添一杯吧？大不了真的醉倒，我們就像上次那樣把他送回宿舍？」類說道。

正把最後一瓶酒全倒進嘴巴的寓，不好意思地舉起手。

「可是、可是我剛把酒喝完了……我以為大家都不喝了嘛……」

「別讓阿鳴喝醉，不然把他送回宿舍後沒有人照顧。」白虎說道。

「為什麼？不是有阿新嗎？」

白虎解釋道：「俺剛剛去那間新開的餐廳取食物時，看到阿新與幾個同學在裡面用餐，現在應該還沒回宿舍吧！你們把阿鳴弄回宿舍，也沒有人照顧他。」

「阿新呢？阿新在哪裡？」聽到阿新的名字，林鳴總算從「我要繼續喝！」的無限輪迴中跳出改了方向。

「阿新不在，白虎說看到他在餐廳吃東西。」酸與說道。

林嗚呆呆地聽完後，腦袋就進入當機的狀態，一動也不動。

過了一會兒，才像是弄清楚酸與在說什麼似的，皺起了雙眉。

這次，林嗚倒是沒有不停重複「阿新在哪裡？」，只是皺著眉頭，一臉很不開心，一副就是有話想說，卻不肯說的模樣。

眾妖怪們無奈地對望了一眼。

雖然他們覺得喝醉的阿嗚很好玩，不過，繼續這樣下去也不是辦法，就商量著要不要把人先丟回宿舍裡。

聽到他們商量著要不要把自己送回宿舍，林嗚就想起上次的慘狀。

即使現在他喝迷糊了，還是記著上次妖怪們把他倒著丟進宿舍的悲劇。

「不！不回宿舍，我要阿新！」

林嗚掙扎著拍開了孰湖伸向他的手。

見他表現得如此抗拒，妖怪們只得放棄將人送回宿舍這個打算。

「或許我們去把阿新找來吧？說不定他已經吃得差不多了。」

「對、對！人類的身體那麼脆弱，要是我們照顧得不好，阿嗚死掉了那怎麼辦？」

「應該不至於這麼容易死掉吧……」

「即使沒有死掉那麼嚴重，阿嗚生病了也很麻煩。他會看不見我們，我不想再被阿嗚無視了！」

聽到寓的哭訴，眾妖怪這才想到當中的嚴重性。

要是阿嗚生病的話，說不定真的會像上次那樣看不見他們。

阿嗚要是看不見他們，就不會去找他們玩，也不會把漫畫借給他們，更不會陪他們打電動，或是帶人類的食物給他們了。

雖然平常有白虎供給零食，可是貓咪能夠獲得的食物都是有限的。

再說，孰湖他們現在都已經習慣了阿嗚會幫忙買東西吃，所以，覬覦山神老頭的香油錢的次數，還大大提昇了。

正所謂由儉入奢易，由奢入儉難。

他們已經無法回到沒有了阿嗚（提供的食物）的日子了！

不行！

不能任由阿嗚喝醉了沒人照顧！

必須要把阿新找回來好好照顧他們的食物供給……呃，不對！是把阿新找回來好好照顧阿嗚！

阿嗚都喝醉了，還在撒嬌（？）吵著要阿新。

作為阿嗚的好兄弟，阿新他好意思把喝醉的阿嗚單獨留下，沒人照顧，自己在外面吃香喝辣嗎!?

孰湖緊握住阿嗚的雙手，含淚說道：「阿嗚，你放心！我現在就把阿新帶回來！」

白虎舉起了爪子，自告奮勇地說道：「俺來帶路！」

寓一臉緊張地說道：「快去快回！我們會好好看著阿嗚的！」

隨即，她轉向眼神呆滯、也不知道有沒有聽清楚他們到底在鬧什麼的阿嗚。

「阿嗚，你撐著！孰湖他們現在就把阿新帶過來！」

「……」

阿嗚只是喝醉而已啊！

這種生離死別的傷感場面是什麼一回事!?

酸與等眾妖怪不解，這孩子又是看了哪部垃圾連續劇了？

不過，妖怪們一向隨心所欲，酸與他們不跟著一起起鬨就已經很好了，根本就不會有人去阻止孰湖和白虎。

眼看孰湖與白虎興沖沖地跑出去找人，剩下的妖怪就先收拾吃完的餐盒、用過的餐具。

酸與見狀，拉著阿嗚走到一旁坐下。

也不知道是不是聽見孰湖他們要去找阿新過來，阿嗚變得非常順從，酸與把他拉到哪裡他就走到哪裡，叫他坐著等，就完全不動了，十分乖順。

而此時在外面與同學聚餐的阿新，完全不知道自己只是外出吃一頓晚飯，都快要被妖怪們說成拋棄兄弟的負心漢了。

人們都對新事物抱持著好奇心，因此新開的餐廳總是特別引人注意。

更何況這間餐廳的口碑很不錯，吃過的人都說好。

而人們又有跟隨潮流的心態。

要是周遭的朋友都去試過了，自己卻沒有吃過，就像趕不上潮流，與別人談話時也跟不上話題似的。

因此每逢有新餐廳開張，肯定會有許多人會一窩蜂地跑去嚐鮮。

即使餐廳門前排隊的人龍讓人卻步，可在一般人的心目中，若是很多人都去吃的話，那就代表這間餐廳的食物一定美味！

所以一間高朋滿座的餐廳，與門可羅雀的餐廳對比起來，人們都會選擇光顧前者，也是這個道理。

而正是因為大家都抱著這種嚐鮮的心態，即使阿新他們已經特別提早在用餐時間之前就過來，還是避不開一窩蜂地想要嚐鮮的人潮。

當他們到達餐廳時，門外已經有著一條長長的人龍在等待了。

要是阿新獨自來吃飯遇上這種情況，他大概會乾脆選擇放棄。

畢竟這種熱潮一般不會持續太久，下個月再來吃的話，人潮應該沒有現在這麼可怕了。犯不著在人潮蜂擁時，也跟著去湊熱鬧。

不過，現在阿新是跟其他同學一起行動，而同行的人，都對這餐廳特別有興趣，完全沒有打道回府的念頭。

差不多等了一個小時，他們一行人總算進入店內。

結果一嚐這間餐廳的食物，眾人都覺得等這一小時也不算白等。

撇開大家對新餐廳的好奇不談，這裡食物的味道實在不錯，而且分量十足，價格便宜，難怪有這麼多人推薦。

唯一讓他們這群學生不自在的就是，用餐的環境有些過於幽靜，他們一群人也不敢在這裡打打鬧鬧，以免打擾到別人。

……不知道阿嗚今晚吃什麼呢？

希望回去的時候，他已經不生氣了。

也不知道他到底為什麼不高興？

該不會真的撞見我去找孰湖他們吧？

阿新享用著美食，邊聽著同學們在小聲聊天，滿腦子都在想著一個不在現場的人。

「新同學……」

有人在喊阿新，但他完全沒聽見，腦子裡依然想著阿嗚。

這裡的食物真不錯。

下次找阿嗚一起來吃吧！

「新同學！」

音量加大的呼喚聲，喚回了阿新的思緒。

他回神看了看，發現坐在他對面的班長正在對他說話。

這次聚餐，他們被安排到一張長方型長桌，男生坐一排，女生坐在對面一排，看起來簡直就像在聯誼一樣。

班長是個長得挺漂亮的女生，成績很好又聽話乖巧，很得老師的喜愛。就是性格比較靦腆，除了班長的工作要說話以外，她在班中鮮少主動發言。因此，阿新對於她主動跟自己搭話感到有點意外。

「嗯，怎麼了？」他問道。

迎上阿新的視線，班長似乎有些害羞，說話都變得期期艾艾。

「沒……就是有些好奇你這麼專注地在想什麼？」

阿新笑道：「也沒什麼特別的，就是在想著阿鳴在做什麼。」

「新同學，你與林鳴同學的感情很好呢！」

「對啊！」阿新笑著應了一句，就終止了這個話題。

畢竟他與阿鳴感情好不好，是他們自己的事情，阿鳴這個當事人又不在，在他背後與一個不熟識的同學討論這些，好像不太好。

其實，班長喜歡阿新已經很久了，一直想找個機會與阿新聊天。可是她本身不擅言詞，難得有機會與喜歡的人這麼接近，卻絞盡腦汁也想不到阿新會感興趣的話題。

足球她不懂，緊張之下唯一能想到的也就只有林鳴，因為，阿新與林鳴實在太形影不離了。

只不過，與自己喜歡的人聊天，話題卻是他與另一個人，仔細想想，還真有些可悲。

偏偏阿新似乎不想聊這個話題，讓一直不敢主動與阿新說話，只得暗暗在一旁注視著他的班長，緊張得完全不知道該說什麼才好。

幸好，阿新只是不想在背後談論阿嗚而已。

說到聊天，阿新可擅長了。

很快地，班長就忘記了先前的尷尬，兩人愉快地聊了起來。

另外幾名女同學見狀，交換了一個眼神，覺得好友的心願說不定能夠如願以償。

眾人吃飽以後，其中一名女生便笑著對阿新說道：「阿新，我們要去唱歌，要一起去嗎？」

阿新搖了搖頭，婉拒道：「你們住在家裡沒有門禁，我可不能太晚回去，不然宿舍關門就麻煩了。」

幾名女生像是早已預料到他會拒絕，立即就把班長推了出來。

「那麼，你幫忙把班長送回去吧！正好男生宿舍就在旁邊。」

聽他們這麼一說，阿新這才想起班長也是住校生，便答應下來。

一群女生們在阿新不察覺時，向班長作了一個「加油」的手勢。

其實在班長紅著臉主動與他聊天時，阿新已經察覺到對方的意圖了。

她喜歡他。

有時候，一些激烈的情感是很難隱瞞的，比如愛。

班長是個好女孩。

可惜阿新卻對她沒有什麼感覺，因此只能對她說聲「抱歉」了。

正所謂長痛不如短痛。

因此在知道了班長對他的感情後，阿新並沒有故意躲著她，反而藉這次送她回去，給她獨處的機會，如果對方打算在這次告白的話，那麼，他將會鄭重地拒絕對方。

不給予無謂的希望，這是阿新唯一可以給她的溫柔。

當孰湖與白虎找來時，正好目擊到阿新把人家女孩子弄哭的整個過程。

本來，白虎是領著孰湖直接前往餐廳。

然而這兩隻妖怪出發時，正好是阿新他們已經吃完東西結帳離開的時候。

結果，阿新與班長用走的，孰湖與白虎卻是飛著過去，雙方就這樣錯過了。

白虎與孰湖來到餐廳，發現阿新已經吃完東西離開以後，這才折回去，仔細留意返回宿舍的路上，正好趕上了這場表白的大戲。

原本急著要把人帶走的孰湖和白虎立即不急了，還躲在草叢後面看戲。

兩隻妖怪愉快地全程目睹了阿新拒絕了女生的表白後，把人弄哭，以及阿新安慰對方的過程。

「新同學，你之所以拒絕我，是因為有喜歡的人了嗎？」

「並沒有，只是我暫時想以學業為主，並不想談戀愛。」這只是場面話，阿新的真心話是，他對班長完全沒有感覺。

可是，這麼說太傷人。

因此，他只能婉轉地把事情推到學業上。

反正他是真的暫時沒有交女朋友的打算。

班長一聽，眼淚嘩啦、嘩啦地流下來。

然後，在思緒亂成一團的情況下，班長沒有多想就問了這麼一句。

「那、那如果告白的人是林鳴同學，你還是會說想以學業為主嗎？」

簡簡單單的一句詢問，瞬間震住了阿新，以及躲在一旁偷聽的兩隻妖怪。

……**什麼**!?

這是什麼出乎意料的劇情展開!?

隨即，班長回過神來，才發覺自己到底問了什麼奇怪的問題，眼淚也馬上停了下來。

紅著臉，期期艾艾地不知道如何把剛剛的提問給圓回來。

然後……

然後她就跑了！

拋下被徹底嚇傻的阿新。

阿新只能保持著伸手想攔住對方的狀態，默默地看著對方以驚人的速度逃離了現場。

孰湖摸了摸下巴，打趣地說道：「怎麼我突然覺得阿嗚是破壞人家戀情的小三呢？」

白虎巴了對方一爪，氣憤地反駁：「亂說什麼呢!?阿嗚明明就是元配！」

「……你說得好有道理，我竟然無言以對。」

看著班長摀著臉跑回宿舍的背影，阿新無奈地抓了抓頭髮，對於把女生弄哭一事，他實在很無奈。

然而，班長對他與阿嗚之間關係的提問，更讓他感到無言。

竟然以為他與阿嗚……

而且，還在告白失敗以後拋出這麼詭異的問題……

這到底是怎麼聯想的……

想不到他們班的班長看起來靦腆，原來內心是這樣的啊！

不過，如果阿嗚真的向他表白，那……

看到阿新凝望著女生離去的身影，不知道想到了什麼，突然傻傻地笑了起來。

孰湖與白虎對望了一眼，總覺得阿新這笑容意味深長。

「阿新！」

既然已經沒有戲看，兩隻妖怪便大剌剌地從草叢中現身。

阿新看到明顯看完一齣好戲，顯得特別容光煥發的孰湖和白虎，頓時感到頭痛，揉了揉太陽穴。

「又怎麼了？你們不是答應了不再找我了嗎？你們想知道的事情，我都已經告訴你們了。」

孰湖拍了拍胸口，作出一副要阿新放心的模樣，但臉上的表情實在很欠揍。

「放心啦！我是一諾千金的男子漢，可沒有將你和我們私會的事情告訴阿嗚呢！」

「可不可以別用『私會』這種曖昧的字眼？」阿新覺得不只頭痛，連胃也痛了起來。

「算啦，這些不重要。」

孰湖作了個「事情先放在一邊」的手勢。

「我們來找你是有正事啊！剛剛阿嗚喝醉了，吵著要見你呢！」

「欸!?你們又給阿嗚喝酒了!?」阿新皺起了眉頭。

「不關我們的事啊！這次酒是阿嗚自己買的，他想要喝，我們都有攔著他，結果一個不留神他又喝醉了。」

孰湖他們當然知道人類未成年不能喝酒，可是他們本就是很隨便的性格，而人類的規則在妖怪的眼中又不是太重要的事情。

因此看到阿嗚喝酒時也沒有特別阻止，反正酒精濃度這麼低的酒頂多是喝醉而已，又死不了人。

阿新知道責備孰湖他們也於事無補，而且他們根本就不覺得自己的做法有問題，教育他們也聽不進耳裡吧。

老實說阿嗚的酒量這麼差，阿新私心也覺得阿嗚需要多練練，所以也不是真心想要阻止對方喝酒。

就是阿嗚喝醉以後，善後工作有些麻煩。

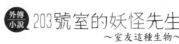

「那現在阿鳴人呢？你們又把他丟回宿舍了嗎？」

「原本想把他送回去，可是阿鳴死活不肯，還在喊著要見你，所以我們就出來找你了。」孰湖解釋道。

白虎領功似的補充道：「是俺領路的喔！」

阿新想起上次阿鳴喝醉後，被妖怪們倒著頭丟回宿舍，結果一動，他便吐了起來，清理起來超級麻煩。

要是阿鳴這次沒有吐，喝醉之後就乖乖睡覺的話，倒是不難處理。

喝醉後，還記掛著讓妖怪們不要把他送回宿舍，上次的事情，到底在阿鳴心裡留下了多深的陰影啊？

再想到阿鳴喝醉後喊著要見自己的模樣，突然覺得很可愛，這該怎麼辦？

不過現在他跟孰湖他們回去的話，那自己一直隱瞞的事情，豈不會穿幫了嗎？

不對！

如果阿鳴並不知道他看得見妖怪，又怎會讓孰湖他們去叫他過來呢？

阿鳴之所以這麼說，分明是知道他與孰湖他們認識啊！

再想到阿鳴今天午休以後突然表現得不高興的模樣……答案根本呼之欲出了。

阿新深深地倒抽了一口氣，現在「坦白從寬」還來得及嗎？

「阿嗚現在在二年三班的教室裡嗎？」

一直默默關注著阿嗚與妖怪們相處，阿新自然知道阿嗚經常在晚上，到二年三班的教室找孰湖他們。

「對啊！我們快點回去吧，不然阿嗚又要鬧起來了。」

孰湖一把抓起阿新甩上肩膀。

雖然宿舍就在學校旁邊，阿新要走過去也花不了多少時間，可是孰湖扛阿嗚都扛習慣了，根本就耐不住性子讓阿新慢慢走，一說完話，就一把將阿新扛起來，飛向校舍。

這還是阿新第一次被孰湖帶著飛翔，雖然被人扛著的姿勢很不舒服，可是能夠飛在空中，實在是一個很新奇的體驗。

阿新內心一陣興奮。

看來和這些妖怪混熟也不錯，可以這樣飛在空中。

這念頭才剛冒出來，阿新隨即用力地猛甩頭，想要把這可怕的想法甩掉。

他才不要跟孰湖這麼隨興的妖怪混熟啊！

因為謹記著上次喝酒時，被孰湖丟進宿舍的悲慘經歷，再次喝醉阿嗚果斷地拍開了孰湖想要把人送回宿舍的罪惡之手。

結果，這回卻輪到阿新了。

由於孰湖扔擲的力道不小心大了些，結果，阿新整個人像顆球一樣往前滾了兩圈才停了下來。

被孰湖像先前送阿嗚回宿舍那樣從窗戶丟進去，阿新真真切切地體會了阿嗚上次的悲痛。阿新對於阿嗚曾經忍不住吐在他身上的過去，由衷抱以十二萬分的理解了。

面對阿新充滿怨念的眼神，孰湖立刻道歉：「抱歉，一時順手就……」

「……」

阿新頓時無言。

你還不如不要解釋！

雖然被摔得頭昏目眩的，但阿新並沒有忘記此行的目的。

「阿嗚呢？」

「在那裡，我們把他扶到旁邊了。」

寓指了指教室的一角。

只見阿嗚坐在一旁，看到他出現時也沒什麼反應，倒是雙眼清明，而且坐得筆直，怎樣看，都不是他所想的喝得爛醉的模樣。

阿新見狀，不由得有點訝異。

過了好一會兒，阿嗚這時像是才發現阿新，好奇地詢問：「阿新，你怎麼來了？」

這反應……

也太慢了！

果然是喝醉了嗎？

走到阿嗚身前，阿新輕輕說道：「你忘記了嗎？是你要我過來的。你喝醉了，我來接你回去。」

「我沒有醉。」阿嗚斬釘截鐵地說道。

「喝醉的人總是說自己沒有醉。」

阿新嘆了口氣。

阿嗚皺起了眉頭，看起來很不高興的樣子。

要不是他一身酒氣，反應也比平常慢得多，單看他清明的眼神，還真的會讓人以為他沒有喝醉。

就連與他一起喝酒的孰湖他們，看到阿嗚這副模樣時，也不由得反思，是不是自己大驚小怪，阿嗚根本就沒有他們所想像中的那麼醉。

阿新指了指自己的臉頰，開玩笑地說道：「好吧！要是你沒有醉的話，那就親我一下來證明。」

阿嗚撇了撇嘴，隨即就突然伸出手，拉扯著阿新的衣領。

阿新反應不過來，就順著力道彎低了身體，只見阿嗚把臉湊過來，就快要親到他了。

就在眾妖怪的驚呼聲中，阿新及時把手擋在他與阿嗚之間。

結果，阿嗚只吻在阿新的手心上。

「噢……」

眾妖怪發出意義不明的嘆息聲。

妖怪們本就是鬧事不怕事大，要是阿嗚真的吻上去的話，事情就好玩啦！

可惜阿新的反應竟然這麼快，真是無趣。

「你還說自己沒有醉？這分明是醉了！」

阿新無奈地拉著阿嗚讓他坐好，手掌心仍殘留著阿嗚那柔軟雙唇的觸感。

其實阿新反應這麼果斷，並不是真的介意阿嗚吻他。

而是以阿嗚的個性來說，酒醒以後還記得這件事的話，一定會羞得無法見人。

阿新並不希望一個小小的玩笑，會讓阿嗚惱羞成怒地避著他。

何況身邊還有這麼多在看熱鬧的妖怪，阿新也不希望阿嗚因為這次的事情，往後成為妖怪們調侃阿嗚的話題。

阿嗚被阿新扶正後，乖乖地坐了一會兒，但很快地又開始鬧了起來。

「阿新！你這個混蛋！你知道我能夠看得見妖怪對吧!?你認識孰湖對吧!?一直耍著我很好玩嗎!?」

「……我沒有耍著你玩。」

阿新無奈地回答。

怎麼阿嗚喝醉以後還記著這些事情啊？

「你敢說你沒有騙我!?」

阿嗚繼續控訴。

阿新只得耐著性子哄他。

當事人自己也許毫無自覺，可是眾妖怪都覺得這齣戲真是高潮迭起，後悔自己沒有多買幾包爆米花，邊吃邊看戲。

阿新哄了阿嗚好一會兒，這些事情一時半刻說不清楚，最重要的是，妖怪們看熱鬧的炙熱眼神實在讓人難以忽視。

於是，阿新乾脆將阿嗚揹在背上，準備打道回府。

「我先帶阿嗚回去了。」

「需要幫忙嗎？」孰湖問道。

阿新立即想到上次阿嗚就是被他們倒著丟進宿舍，結果，害他被阿嗚吐了一身。

剛剛被孰湖帶著飛進來時，對方也是「順手」便把他丟進去。

這麼多的不良紀錄，阿新還哪敢把阿嗚交給他!?

「不用了，我揹他回去就好。」

看著阿新燦爛的笑容，不知為何孰湖覺得一陣寒顫。

結果就在他發愣的時候，阿新就揹著阿嗚離開了。

「啊……這樣就走掉了嗎？我還想看看阿新會怎樣解釋呢！」

寓不高興地向孰湖抱怨：「剛剛你應該阻止他們啊！阿新在這裡照顧阿嗚也是一樣的嘛！」

知道寓也是小孩子心性，孰湖也並不介意對方的抱怨，笑嘻嘻地道：「抱歉、抱歉。」

隨即，這妖怪看著阿新與阿嗚離去的方向，喃喃自語地說道：「妨礙別人談戀愛會被馬踢啊。」

原本一直吵鬧著的阿嗚，被阿新揹著的時候，變得非常乖。

幸好回宿舍的一路上沒有遇到其他人，不然阿新也很難向別人解釋，阿嗚為什麼會一身酒氣被他揹著回來。

回到房間以後，阿新忙著替阿嗚準備衣服，並且把人拉到了浴室前。

全程阿嗚都很乖，也不知道是不是因為回宿舍時吹了點風，他看起來似乎清醒了些，至少沒有再吵鬧了。

可也只是「似乎」清醒一些而已。

當阿嗚要走入浴室時，還是洩露了他還沒酒醒的事實。

只見阿嗚把門往前推，推不動，接著一臉疑惑地拉了拉門把，然而木門卻是聞風不動，阿嗚歪了歪頭，站在門前，看起來非常迷茫。

阿新不由得用手摀住嘴，被阿嗚的動作逗得很想大笑。

愣呆了一會兒，阿嗚再次伸手推了推浴室的門，發現依舊是聞風不動以後，就向阿新控訴道：「門鎖住了。」

「或許你應該試一下把門往旁拉開。」

阿新覺得很好笑，又覺得這樣的阿嗚很可愛。

浴室的門雖然有門把，看起來就像一道拉出或推進的門，但其實是一道向旁邊拉開的拉門。

也不知道設計這道門的人到底是怎麼想。

但這扇門的確很成功地騙到不少初來宿舍報到的學生。

阿嗚與阿新一開始入住宿舍時，就曾經被這道門騙過。

想不到在這裡住了這麼久，阿新有幸再一次看到阿嗚被這道門騙到的窘境。

阿嗚聽到阿新的話以後愣了愣，轉而將門往旁邊拉開，果然輕易將門打開了。

皺著眉頭看著這扇「無理取鬧」的浴室門好一會兒，阿嗚終於一言不發地進去洗澡。

過了一會兒，阿新想起了剛才阿嗚呆愣的模樣，突然覺得有些擔心，於是敲了敲浴室的門。

「阿嗚，你自己洗沒問題吧？」

誰知道阿嗚沒有回應，阿新發現門並沒有鎖上，就一把將門拉開，衝了進去，剛好撞見正在脫衣服的阿鳴一臉驚訝地看著他。

發現對方沒有出任何意外，阿新鬆了口氣。

「怎麼不出聲呢？還以為你一個不小心在浴室裡滑倒了。」

「正想回答，你就闖進來了。」

其實阿鳴是因為喝醉而反應慢了半拍，當他反應過來時，阿新已經把門打開了。

「所以你還是沒清醒吧？我實在不放心，也許我們可以一起洗澡？」阿新如此建議，還裝模作樣地開始脫衣服。

阿鳴頓時生氣了。

「出去！我沒事！而且浴室那麼狹窄，哪可能一起洗!?」

真是好心被雷劈啊！

一開始阿新闖進來是真是擔心阿鳴，不過看到對方這麼緊張的模樣，阿新不由得升起了惡作劇的心思。

「所以說，你也很想和我一起洗澡，但是覺得很可惜對吧？怎麼我們宿舍的浴室這麼小的呢……

不過，阿鳴你好無情啊，剛剛還主動要吻我……」

阿嗚滿臉通紅，他現在也看出來阿新是故意逗他的，於是送他一個字：

「滾！」

章之六　示見

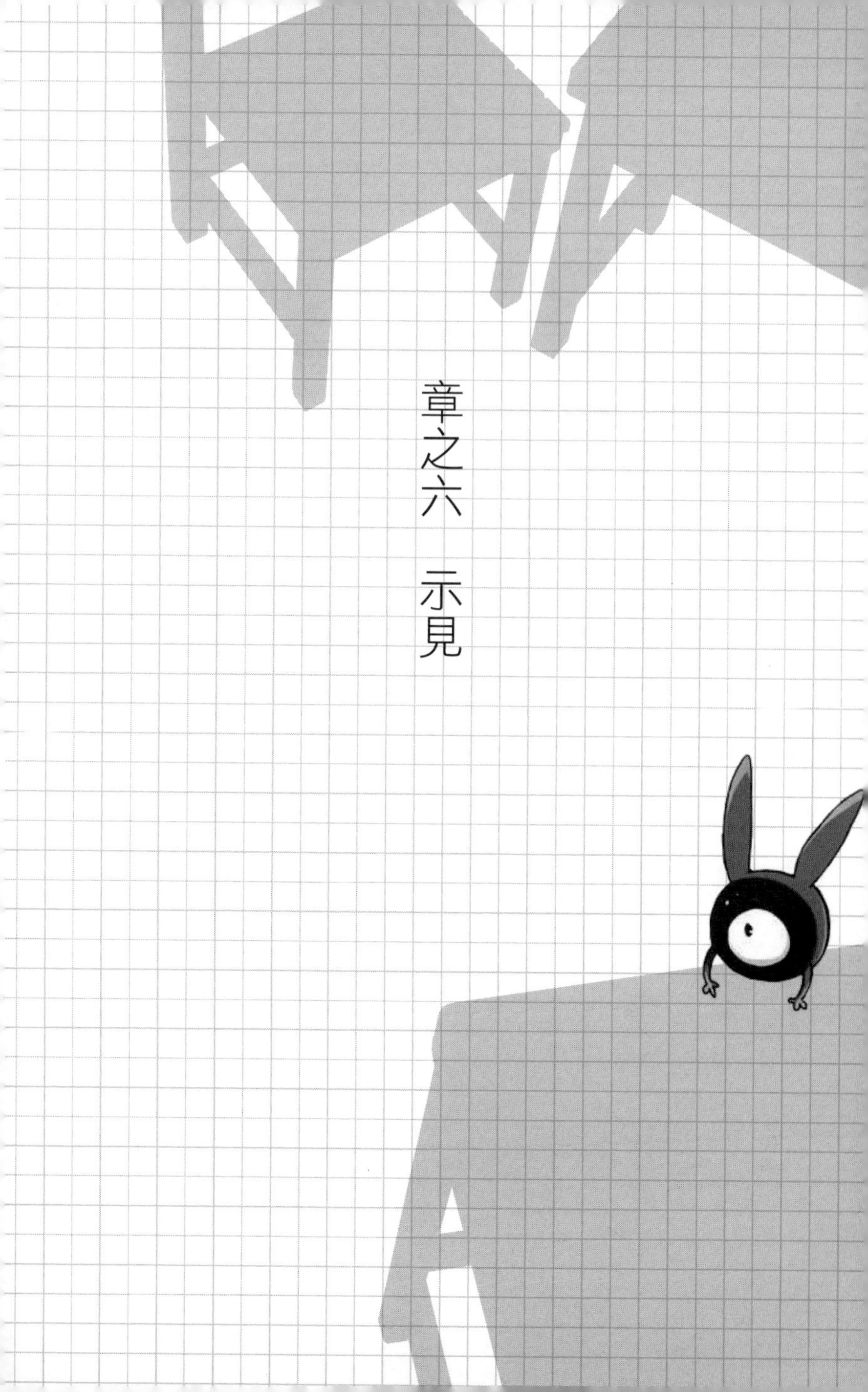

梳洗過後，林鳴基本上已經清醒了，除了反應比較慢一些以外，行為舉止都與平常沒喝酒的時候沒有兩樣。

於是，林鳴現在還清楚記得剛剛醉酒的時候，他在妖怪們與阿新面前犯傻的模樣。

他剛剛差點親了阿新！

人家一句話，就讓他主動親上去了！

這根本就是一大蠢事啊！

幸好阿新反應快，在最後關頭阻止了他。

不然以後他還有什麼臉見人!?

強吻室友這種笑話……還是在那群妖怪面前！

就算在真的親下去之前，被及時阻止了，但這次的事情，肯定也足夠孰湖他們笑三年了——真是糟透了。

「在想什麼呢？」

從浴室出來的阿新，看著阿鳴一眨也不眨地盯著他看不由得有些意外。

「還不睏嗎？」還以為在他進去洗澡的時候，喝了酒的阿嗚已經睡著了，那麼，他就不用急著向阿嗚解釋，至少有一個晚上的時間想想該怎樣說了……

沒想到他一洗澡出來，阿嗚的樣子反倒是清醒了幾分。

看樣子，今天晚上的拷問怕是逃不過的了。

「阿嗚，你想問什麼就問吧！」

聽到阿新的話，阿嗚一臉不悅地開了口：「你能夠看得見妖怪？」

「是。」

「你認識孰湖他們？」

「是。」

「你也知道我看得見妖怪？」

「對。」

「什麼時候的事情？」

「在認識你一個月以後吧……欸！阿嗚你冷靜一點！」

接住阿嗚迎面丟來的枕頭，阿新才有阿嗚果然喝了酒的真實感。

畢竟，他家室友平常比較擅長冷暴力，像丟枕頭這種幼稚的舉動，一向不是他的風格。

……好吧，這不是重點。現在還是「坦白從寬」比較重要。

「你有什麼疑問，我全都會告訴你，別生氣了。」抓住枕頭，阿新一臉委屈地說道。

「別裝委屈了！你哪會怕我生氣!?要是真的怕我會生氣，你就不會隱瞞我了，還隱瞞這麼久！」

林鳴最在意的，並不是阿新一開始隱瞞他，而是他們都認識這麼久了，可阿新仍然不願意向他坦白。

「可你不也沒有向我坦白嗎？」

阿新不禁小聲嘀咕，聲量雖然很小，可是房間那麼安靜，兩人坐得又近，還是被林鳴聽到了，被這麼一說，林鳴不由得也有些心虛。

的確，說到隱瞞對方，他們其實是半斤八兩，誰也說不了誰。

然而，很快林鳴便反應過來了。

「不對啊！我是隱瞞了你，可我那時候以為你只是個看不見妖怪的普通人呀！當然就不會向你坦白了，這點你應該也是明白的吧!?你明明早就知道我與你是『同類』，卻還是一直隱瞞著我。甚至你在認識孰湖他們後，還繼續假裝！」

原本阿新還打算轉換概念，爭取「從輕發落」。

想不到阿鳴卻完全沒有被他帶歪，馬上抓住了事情的重點。

的確，林鳴雖然也一直隱瞞著他的能力，可是他並不知道阿新與自己是一樣的，只以為對方是個看不見妖怪的普通人。因此一直瞞騙著他，也是情有可原。

可是，阿新早就知道他能夠看得見妖怪，卻還一直隱瞞著他，那就很容易讓人誤會他的態度。兩者的性質是不相同的。至少，林鳴覺得對方一直在耍著他玩。

為了息事寧人，阿新也不是沒有想過欺騙阿鳴，告訴對方，自己也是剛剛才得知他能夠看得見妖怪。然而只要是謊言總有被揭穿的可能。

而現在阿鳴雖然生氣，但還能哄哄他。可要是阿新繼續以謊言來遮掩的話，說不定將來東窗事發時真的無法挽回了。他也不想繼續欺瞞阿鳴，還是趁著這個機會讓彼此將事情說開吧！

「抱歉，阿鳴，我不該一直瞞著你。」

阿新鄭重向阿鳴道歉。

「你還記得我們剛認識不久，你摔倒在地上，結果我當了你肉墊那件事嗎？」

林鳴點了點頭，他就是在那次事件後，才與阿新真正熟絡起來的。

「我是在那次就知道你看得見妖怪。當時我在路上遇到你，想與你說話，結果，卻看到原本直線前進的你突然繞了路，避過了一隻攔路的小妖怪。後來，我一連跟蹤你三天，直到親眼看見你把那隻小妖怪放回草叢後，這才確定你能夠看到牠們。」

「跟蹤我？」

阿鳴危險地瞇起雙眼。

「欸——我沒有方法證實啊！總不能直接問你，要是猜錯的話，那不是很奇怪嗎？」

當了幾天跟蹤狂的阿新，不好意思地搔了搔臉。

「後來確認以後，我是有猶豫過該不該向你坦白，可那時候我和你還不算很熟悉，所以，就先把事情給隱瞞了。結果大家熟了以後，卻反而不知道該怎樣開口。」

林鳴其實也明白阿新的難處。

要說這個世上最清楚阿新想法的人，林鳴一定是其中之一。

他很明白這種想要說出來，想要相信對方，可是卻各種顧忌的心情。

「所以……你一直以來從未信任過我對嗎？」林鳴心裡的怒火已經熄滅，可取而代之的，卻是一陣苦澀。

看到阿鳴這模樣，阿新止不住地心疼。

靜默了一會兒，阿新並沒有回答阿鳴的詢問，而是反問：「阿鳴，你是天生就能看得到妖怪的嗎？」

阿嗚愣了愣，隨即點了點頭。

「可是我與你不一樣。」

拉下了蓋在頭髮上的濕毛巾，阿新笑了笑說道：「我一直只是個普通人，與尋常人一樣，以為妖怪什麼的只存在於傳說中。直到小學四年級，我因為發生了一件意外，我才獲得了看到妖怪的能力。」

雖然不明白阿新為什麼突然說起這些，甚至直覺對方又在轉移話題，但是，林嗚還是對於阿新的話充滿好奇，因此，他也就沒有繼續抓著對方隱瞞他的事情不放。

他想知道，到底為什麼一個原本看不見妖怪的人，變得看得見呢？

看到阿嗚催促著他別賣關子、趕快說下去的眼神，阿新莞爾一笑，便開始將他當年所發生的事情娓娓道來。

阿新出生在一個鄉下的小鎮。那裡沒有大城市的繁榮與便利，卻有著農村特有的純樸與人情味。因為鎮上的人口不多，而且位置比較偏僻，因此左鄰右舍都互相認識。

再加上整個鎮上只有一間小學，因此這裡的小孩從小就一起長大，不但互相認識，而且關係就像是兄弟姊妹一樣親近。

阿新性格開朗活潑，從不欺負年紀小的孩子，成績也不錯，向來很討大人的歡心。

因此，他從小就是那種「別人家的孩子」。幾乎是吃左鄰右舍的百家飯，在左右鄰居家裡頭放養長大的。

也慶幸阿新從小就人緣很好，雖然孩子們的父母老是拿阿新與他們比較，可是卻不妨礙他們對阿新的親近與喜歡。

鎮上大大小小的孩子們發現什麼好玩的事情，都會想到阿新這個熱衷參與、好相處，又很會玩的小伙伴，總愛叫上他一起玩耍。

就這樣，阿新在鎮上像個孩子們的小首領似的長大。

在那個年代，鄉下人照顧孩子並沒有像城市人那樣小心翼翼，再加上因為左鄰右舍都互相認識，他們總是很放心讓孩子到處跑，因此，阿新在很小的時候，就把附近大大小小的地方都跑遍了，可以說，沒有一處地方他不熟悉的。

而事情，就發生在阿新小學四年級的時候。

「阿新你知道嗎？」

放學時，阿新正收拾著書包。

同學兼好友的志傑一臉八卦地湊在他桌前說道：「聽說王胖子失蹤了，今天也沒來學校。」

王胖子其實不算很胖。正確來說，王胖子是個很高大、壯實的孩子。與同年的孩子並排站在一起的話，王胖子的體型大概就是他們的一倍。只是，小孩子往往分不清胖與壯實的分別，再加上彼此都不喜歡對方，所以，總是胖子、胖子地叫他。

王胖子是隔壁班的學生，與阿新同年。

他的父母早過世得早，是由祖父母辛苦養大的。可是這孩子不但不感激兩位老人家的辛勞，反而還非常嫌棄自己的祖父母無法給他優渥的生活，經常當眾喝罵他們。和別人提起自己的祖父母時，話裡也總是充滿了嫌棄。

所以這傢伙不像阿新，是個總讓大人非常煩惱的孩子，從小就是鎮上的家長們用來教育自家小孩的反面教材。

其實，王胖子的祖父母雖然不算富有，卻也從沒有讓王胖子挨餓過，很多時候寧可虧待自己，也要盡量滿足唯一的孫子對物質的需求。因此，這孩子的所作所為都讓鎮上裡的大人們很不喜歡，紛紛說他的祖父母養了個不孝孫子。

不過，鎮上的孩子們之所以不喜歡王胖子，倒也不是因為受到大人們的影響。

而是因為王胖子總是倚仗著自己長得比一般孩子壯實，經常搶奪其他小孩的玩具與食物。雖然欺凌在孩子之間難免存在，可是，王胖子的行為卻太過火了。

小時候只是搶東西還好，到長大一些以後還開始搶其他孩子的零用錢，絕對是人神共憤的存在。而因為涉及金錢，再加上投訴者眾多，因此老師也不能夠視若無睹。

後來，因為學校的介入而收入大減的王胖子，還因為偷鄰居的錢被抓到，在鎮上可算是大大地出名了。

王胖子雖然沒有招惹過阿新，可有次阿新卻看見他正在搶某個孩子的東西，因為無法視而不見，阿新就跟王胖子對上了。

雖然阿新長得不及他壯實，打起架來絕對贏不了，但是阿新的人緣很好，其他孩子在第一時間都站在阿新身邊為他撐腰。結果，勢單力薄的王胖子只能灰溜溜地撤退了。

從此以後王胖子就一直把阿新當成敵人，卻始終找不到機會對他下手。

於是這傢伙就經常到處說阿新的壞話，可惜鎮上的大人、小孩都不喜歡王胖子。他就算說破了嘴也沒有人相信他。

不過也因為這件事情，阿新和這個隔壁班的同學雖然真正接觸的機會不多，但也對這個人一點兒都不陌生。

聽志傑提起這傢伙，阿新不以為意地說道：「可他不是經常不來學校嗎？說不定是到別的地方鬼混了吧？」

志傑搖了搖手指，一臉神祕地說道：「不是喔，這次是真的失蹤了！平時他即使不回學校，晚上也會回家睡覺啊！可是他已經兩晚沒有回家了。

聽說他們家昨天已經報了警，我們鎮上的大人還一起幫忙找，都找不到人。」

小鎮上沒什麼八卦能說，王胖子的失蹤顯然引起同學們極大的興致談論。所以志傑的話，很快就引來其他孩子七嘴八舌的討論。

「聽說，前天有人看到王胖子與怪咖在一起。」

「真的假的？他不是發過誓不再欺負人家嗎？他難道不怕被詛咒？」

「不知道耶！不過聽說他們只是在一塊說話，然後兩人就一起走了。」

「你們說王胖子失蹤，是不是怪咖幹的？」

「怎麼可能!?就怪咖那瘦巴巴的樣子，才打不過王胖子呢！」

「說不定真的有詛咒喔！看怪咖那副陰陽怪氣的模樣……」

「聽說警察都上怪咖家問話了。」

對於孩子們口中的「怪咖」，阿新同樣不陌生。

說起來，他與王胖子之所以結怨，歸根究柢就是因為那個孩子。這個被同學起了綽號叫「怪咖」的孩子，正是那個被王胖子搶東西、正好被阿新撞見的人。

怪咖與王胖子可以說是完全相反的存在。他長得非常瘦弱矮小，總是陰沉著臉不說話。

雖然父母雙全，可是聽說他的父母感情非常淡薄，每次吵架都會遷怒孩子。因此，怪咖偶爾會帶著一身的傷到學校來。

可惜，家庭的暴力並沒有為怪咖帶來同學的憐憫。

相反地，孩子們總是視他為異類，又覺得他陰陰沉沉地很討厭，而且，衣著、髮型等都土得簡直是爺爺輩的人，便開始欺負他。一開始是藏起他的書本、劃花他的桌子，後來開始搶他的東西。而欺負他最厲害的人，就是王胖子。

其實，校內的老師也不是沒有關心過這孩子，只是怪咖的父母下手都有注意輕重，怪咖身上的傷大多只是皮肉傷，而像這種鄉下小鎮，父母打孩子在大部分人的觀念裡，是天經地義的事，屬於一般正常的管教範圍。只要鬧得不算太嚴重的話，學校並不會插手的。

而且，怪咖又是個自尊心特別強的小孩。

班上的老師曾經特別詢問過他在學校被人欺凌的事情，可這孩子反而覺得很丟臉，認為老師太過多管閒事。久而久之，老師也就不再理會他了。

直到那次，同學們和阿新一起嚇退搶怪咖東西的王胖子以後，其他同學倒是再也沒有欺負怪咖了。只是不知為什麼，同學間開始流傳一種說法，只要觸碰到怪咖的人，都會被詛咒。

後來，怪咖的一名同班同學不小心跌倒，那個學生卻誓言旦旦地說，當天他的手臂碰到了怪咖，這說法就彷彿成了事實一樣，更是在學校裡廣為流傳。

於是，怪咖便成了校內學生們畏懼的存在，彷彿所有發生在他身邊的不幸事件，都是因他而起似的。學校裡再也沒有人敢去欺侮他了，然而那種連他碰過的東西都像是有「病毒」的情況，卻更讓人感到難堪。

阿新不是不知道這事情，其實他對怪咖是很同情的。只是他也管不了那麼多。畢竟，對方與他並不熟。

更何況，一開始怪咖的班導也想幫忙，卻被認為是多管閒事，阿新知道這個情況後，更覺得自己沒什麼立場去干涉對方。

至於怪咖身上有詛咒這回事，阿新是完全不相信的。他覺得哪個地方會完全沒有倒楣事發生呢？只是大家都把事情歸咎在怪咖身上而已。

阿新相信，即使怪咖轉了學校，他們班上還是會有同學發生倒楣的事情，只是當事情發生時，不會有學生覺得自己是被詛咒而已。

其實，大部分學生想必也不相信怪咖真的有那種詛咒別人的能力，要是怪咖真的那麼神，那他之前就不會被欺負得那麼慘了。

只是孩子們都愛起鬨，覺得把這種離奇的事情掛在嘴邊，並且聯合所有人一起排擠某人的事情很有趣。就像現在王胖子失蹤，眾人都起鬨著他是受到了怪咖的詛咒。

其實他們的心裡也沒真的多相信這個說法，只是覺得這麼猜測很神祕、很好玩罷了。

就在這時，作為眾人討論中心的怪咖剛好揹著書包走過。

孩子們頓時尖叫著並用著很誇張的動作逃離對方的身邊。

「怪咖出現了！」

「我們會被詛咒的！」

「快跑！不然就會像王胖子一樣失蹤啦！」

「我沒有詛咒王胖子。」怪咖頓時陰沉著臉，沉聲辯解道。

向來對別人的欺負默不作聲的怪咖，這次竟然沒有繼續沉默，阿新有點訝異，剛剛聽同學們說，這次的事情連警察也被驚動了，還特別去怪咖的家跑了一趟，也許怪咖這次真的怕了，所以才不得不發聲。

既然對方鼓起勇氣申辯，阿新決定幫一幫他，「那你為什麼會跟王胖子在一起呢？我沒有質問你的意思，只是你就把事情告訴大家吧！趁這個機會，證明你的清白。」

怪咖一開始便認出阿新是當時那個幫助過他的男生，既然阿新為他找了個下台階，他也不好繼續陰沉著臉，於是便向阿新勾起了嘴角，露出了一個僵硬的微笑。

然而，志傑卻在這時候拉了拉阿新，壓低了聲音警告他。

「阿新，你別隨便和這個怪咖說話啦，小心被詛咒！」

他和阿新兩家算是世交，兩家的交情甚至可以追溯到祖父那一代，阿新與志傑受到上兩輩人的影響，從小一起長大，雖然不是親兄弟，關係卻勝似親兄弟。

志傑覺得阿新這個好兄弟什麼都好，就是有時候太愛操心，而且有些多管閒事。

譬如怪咖這個人……

雖然志傑也覺得他有些可憐，可這傢伙真的有些奇怪。

原本，志傑對怪咖會詛咒別人的說法也是不相信的，可王胖子的確是與他一起離開學校後失蹤的，很有可能與怪咖有關！

正所謂寧可信其有，不可信其無。

阿新現在這樣毫不忌諱地跟怪咖說話，要是真的因此而被詛咒那怎麼辦？

志傑的話，卻顯然反倒刺激了怪咖。

「是王胖子自己要去幹壞事，我什麼都沒有做！」他激動地辯解道。

「幹壞事？王胖子幹了什麼？」

「他說在後山那裡發現了寶藏，可是又不敢自己一個人到那裡，就想找我一起。」

怪咖掃了眾人一眼，勾起了一個譏諷的冷笑，「反正我命中帶衰，連鬼都怕。」

聽了怪咖的說詞，一群學生們這才恍然大悟。

他們的家鄉是個三面被群山包圍的小鎮，而怪咖口中的後山，就在小鎮外，相較於其他兩座看不到頂的大山，這座後山並不算大，而且這座山在鎮上非常出名。

因為他們這地方奉行土葬，而這座後山，便是這裡的居民世世代代安葬的地方。

雖然大人總是警告孩子們別往那裡跑，可是總有些比較大膽的孩子，喜歡呼朋引伴到那裡玩試膽大賽。畢竟小鎮的娛樂活動不多，後山，可說是孩子們另類遊戲的遊樂場。

「王胖子他該不會是想挖墳，偷人家的陪葬品吧？」志傑一臉不可思議地說道。

土葬時，人們往往會把一些死者生前很喜歡的東西，或者有重要紀念意義的東西一起埋下去陪葬。

想到王胖子說發現寶藏的地點，是居民用來土葬的後山，而且他還怕遇鬼，故意找傳言中懂詛咒的怪咖陪同「避邪」，從這幾個線索推斷起來，答案可說是呼之欲出了。

「我不知道。」

怪咖面無表情地說道：「最後，我沒跟著王胖子一起去，不過警察聽到我的口供以後，都是這麼猜的。可是他們到後山那裡找過了，還是找不到人。」

神祕的事情，對於孩子們就是有種特異的吸引力。

更何況這次並不只是傳言，還真的有人失蹤了，即使大多數的孩子都無法確定王胖子的失蹤，是不是與後山有關，可一樣引起他們極大的興趣。

所以一大群孩子嘰嘰喳喳地討論中，其中一個小孩眼珠一轉提議道：「那不如我們今天晚上，到後山那裡玩試膽大賽吧？」

志傑露出猶豫的神情，搖著頭說道：「這樣不好吧……王胖子失蹤了，也不知道是不是被人口販子拐走了！」

那提議的孩子卻繼續遊說眾人，「怕什麼！我們小鎮這麼小，有外來者的話大家都會知道。而且，有誰會特地來我們這個偏僻的地方拐小孩啊!?」

志傑覺得對方說得有理，就被對方說動了，不過他雖然被勾起了興趣，卻還是有點害怕。

「阿新你要去嗎？阿新去的話我就去。」他用肩膀推了推身邊的阿新。

「去吧、去吧！阿新也一起吧！」其他孩子一聽，也七嘴八舌地圍著阿新。

原本，阿新是不想去的。畢竟現在已經有一個孩子失蹤了，再到處跑實在有些不妥。

但轉念一想，他們也不是第一次往後山跑，對那裡已經非常熟悉，而且就像那個提議的孩子說的，近期根本沒有外人進來，所以，被志傑勸說了一會兒，他就答應跟大家一起行動了。

結果，這個興之所至而舉辦的試膽大賽，有八名孩子參與。

想在眾人討論時偷偷跑掉的怪咖，很不幸地也在隨行名單內。

孩子們之所以強制他參與的理由，與王胖子一樣——避邪用的！

說穿了，他們總是有些怕啊！

阿新本來並不想勉強怪咖，不過想到對方難得參加活動，說不定是個讓他融入團體的機會。何況經過之前的討論，這次的活動理應不會有什麼危險才對，因此阿新便選擇沉默了。

平常舉辦的試膽大賽，他們慣常的做法都是先在後山設定了目的地，然後兩人一組往目的地前進，在路途中，都會安排一些人扮鬼怪嚇參加者。

可是這一次的試膽活動是即興舉行的，人數又不多。因此，孩子們便更改了比賽的形式。

他們約定了時間集合，便分散活動，尋找墓碑並抄下上面的資料，最後誰抄的資料最多，那個人便獲勝。

「什麼？要抄墓碑!?這樣不好吧？」原本就不情願參與試膽活動，只是被志傑他們逼著一起來的怪咖，聽到這次的試膽大賽的規則後，更加抗拒了。

其他孩子們卻對比賽的內容理所當然地接受了。

「不然呢？這次人這麼少，我們就只能這樣玩啦。」

這群孩子們都不是第一次這樣玩的，只覺得怪咖實在是大驚小怪。

「這麼做簡直是大不敬！你們不是怕詛咒嗎？也許會受到鬼魂的詛咒！」怪咖還是極力想中止這個遊戲。

可他的恐嚇，卻完全嚇唬不了這群孩子。

「埋在這裡的人，全都是我們的祖先，誰會害我們這些後輩子孫啊!?」

所以鎮上的大人們即使明知道孩子們老是往後山跑，但也只是口頭告誡，卻不怎麼嚴厲阻止，就是這個原因。

「……」

他們說得頗有道理，怪咖一時竟沒辦法反駁了。

於是，一群孩子們興致勃勃地爬上了後山，相約好集合的時間後，便分散開來，開始努力抄著墓碑上的資料。

原本……應該是這樣的。

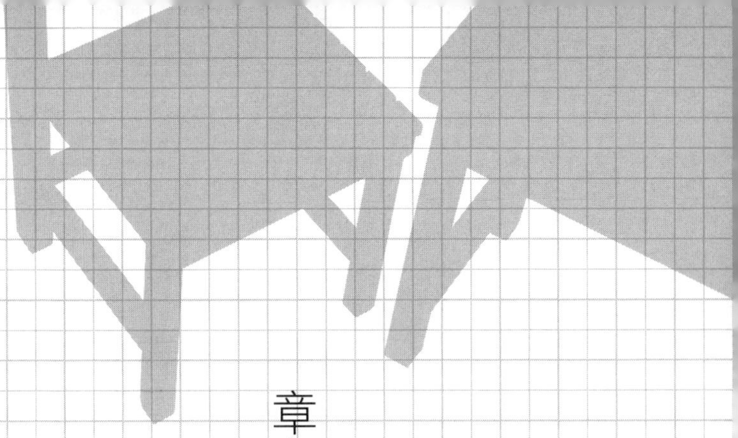

章之七　狐妖

「原本……應該是這樣的。」阿新嘆了一口氣，悶悶地說道。

「出事了？跟那個怪咖有關？」抓下對方蓋在頭上的濕毛巾，林鳴探手抓過了吹風機插上電源，手勢粗魯卻自然又迅速地開始替對方吹乾還滴著水的頭髮。

吹風機的嗡嗚聲響中，阿新勾了勾嘴角，繼續他還沒說完的故事。

「你為什麼一直跟著我？不去抄墓碑嗎？」

回頭看了看一直尾隨在自己身後的瘦小男孩，阿新一臉無奈。

一開始，他以為對方只是湊巧與自己同路。

結果，他停下來對方也停下來。而且，完全沒有抄錄墓碑資料的意思。

當他抄完了一處墓碑打算轉往下個地方時，那傢伙又繼續跟在他後面，隔著一、兩步的距離，既不看他也不開口。

「你要是再這樣，比賽就要輸了唷。」

「又不是我想參加的。」怪咖陰沉著一張臉，冷冷說道：「我才不會像他們這麼幼稚。」

這傢伙……

其他小孩們欺侮這個傢伙是不對，可是某個程度來說，這傢伙的性格實在太不討喜了。

阿新在心裡嘆息一聲，性格陰沉不合群，卻又有著過強的自尊心……

人終究是群體的生物，當一個人過於獨斷獨行，什麼都不說卻又期待別人理解，那最後換來的，只會是失望而已。尤其鎮上的孩子們，大都是被父母嬌寵著長大的，哪個還有那個耐心，去熱臉貼冷屁股？

不合群的人，自然就會被人排擠了。

原本，阿新還期待經過與大家一起參與這次的活動，可以改變怪咖獨來獨往的性格，但看起來這想法是不可行了。

不過說實在的，阿新與這傢伙不熟，甚至只知道他的外號，連他的真實名字也不記得了。

每個人都有每個人的生活方式，因此，也不方便向他勸說什麼。何況以怪咖的性格，要是他直接叫對方與其他孩子好好相處的話，那傢伙應該只會嗤之以鼻吧？

因此，阿新就不再理會他。

就這樣，兩個孩子一前一後默默地在各個墓地之間行走。

走著、走著，怪咖略帶猶豫的聲音打破了兩人之間的沉默。

「阿新，你覺不覺得……這裡有些奇怪？」

「奇怪？為什麼會這樣說？」

一直專心抄著墓碑資料的阿新抬頭打量了下四周，卻沒有發現什麼覺得奇怪的地方。

「太安靜了。」怪咖一臉凝重地說道：「走到這裡的時候，蟲鳴的聲音突然都不見了……我們還是回去吧！」

聽對方這麼一說，阿新這才察覺到不知從什麼時候開始，四周變得靜謐無聲，原本在山間晚上會變得特別吵雜的蟲鳴聲，竟然完全沒有聲音。

覺得事情有些奇怪，阿新當機立斷地想要折回去。

卻不料，在黑暗的草叢中突然撲出一個身影，向著兩人的方向大吼了一聲！

「哇啊！」

原本就處於驚恐中的阿新和怪咖，頓時完全失了方寸，尖叫著往後退。

結果怪咖這麼一退後，竟然整個人消失不見了。

「人呢!?」從草叢撲出，原本只打算嚇一嚇他們的志傑頓時傻眼。

「不知道，會不會跌到草叢裡面去了？」阿新邊說，邊向著怪咖消失的方向走去。

「怪咖！你在嗎？在的話應一聲！」

隨即，阿新也跟著消失了，就連他呼叫怪咖的聲音也戛然而止。

「阿新！阿新你在哪兒？你們別嚇我！」

兩個活生生的人就這樣在他眼前消失，志傑嚇得都快哭了。

前方被手電筒所照亮的草叢看起來非常普通，可此刻在志傑的眼中，就像一頭張著血盆大口的怪物，等待著獵物走進去並將其吞噬。

歸根究柢，這兩人之所以失蹤都是他害的，可是志傑卻沒有走進去找人的勇氣。雖然他與阿新是從小一起長大的好兄弟，但在面臨危險時，志傑一點也不想為了對方鋌而走險。

「阿、阿新……你留在這裡等我，我去找人幫忙……」

對於拋下好友離開一事有些歉疚，可是志傑卻又在心裡說服自己，要是裡面真的有危險，讓怪咖與阿新都留在那裡無法出來，那他即使進去也幫不上忙。

倒不如去找大人幫忙更加有用，不是嗎？

「我……我馬上回來！」扔下這句話，志傑心安理得地打算掉頭跑走。

「志傑！裡面竟然有一座古廟，我們以前竟然都沒有發現過耶！」

就在志傑轉身的時候，本以為失蹤了的阿新，卻從身後叫住了他。

志傑霍地回首，驚喜地看到阿新與怪咖就站在他的身後。

毛。

相比阿新一臉驚奇，怪咖卻是陰沉著一張臉，一眨也不眨地盯著志傑看，看得志傑心裡發

阿新並沒有發現到怪咖怪異的視線，逕自興奮地告訴志傑，他追著怪咖進入草叢後，便發現一間非常古舊的廟宇。

志傑很快就被阿新的話吸引了過去。

聽到阿新說發現了一座空置的古廟時，「祕密基地」四個字頓時從志傑腦海中浮現。

每個孩子總想與自己的三五知己，擁有一個只有他們知道的祕密基地，而阿新與怪咖所發現的廟宇，完全滿足了志傑這種嚮往。

「這裡竟然有廟宇？」志傑立刻興致勃勃地上前，拉著阿新的手催促道：「我們在後山玩了這麼久竟然不知道呢！在哪裡？快帶我去看看！」

雖然志傑仍然對於兩人剛剛的消失感到很奇怪，明明他是親眼看著阿新突然消失的，可是阿新卻說自己走進草叢裡，不過他們能夠安全回來，裡面應該沒有什麼危險。

……也許只是他眼花而已吧？

志傑這麼想著，便不再糾結這問題，隨著阿新他們一起往前走。

果然在越過草叢後，便看到一座破舊的廟宇。

「哇！太厲害了！」

那座廟宇不大，而且已經非常老舊，外牆因為磚瓦剝落而變得有些殘破，不過整座廟宇看起來依然很穩固，沒有倒塌的危險。

雖然乍看到這破落古廟，志傑有些失望，可是仔細想想，他們又不會在這裡待多久，只是想有個祕密的聚集點玩耍而已，那麼打掃一下就好了。他馬上又高興了起來，覺得眼前的廟宇怎麼看、怎麼好。

因為對於眼前的大發現非常興奮，三個孩子都忽略了穿過草叢時，那一瞬間輕微的異狀。

而且，也沒去深究明明腳下的草叢不算很高，為什麼能完全遮擋住這座古廟？

又為什麼一開始阿新與怪咖往這個方向走時，從志傑的角度看起來，是突然消失的？

古廟的門並沒有關上。此時，志傑已經把一開始的畏懼拋在腦後，和阿新一起，探頭探腦地從打開的門扉好奇看進去，猶豫著該不該走進去探險。

志傑伸手用力搖了搖古廟的柱子。眼看柱子在他的力量下一點都沒有搖晃，便遊說道：

「看情況應該不會倒塌，我們進去看看吧？都已經來了，不進去看看就太可惜了。」

志傑率先走了進去，阿新也跟在他身後打算進去，卻被怪咖一把拉住。

「別管他了，我們回去吧！」

阿新皺起了眉，疑惑地問道：「回去？我們怎麼可以放他一個人自己進去呢？」

怪咖陰陽怪氣地說道：「別告訴我，你剛剛沒有發現他根本就打算撇下我們，自己跑掉。既然這樣，那我們也撇下他跑掉就好了啊！反正對祕密基地什麼的，我並不感興趣。」

「志傑剛剛是想走沒錯，但他可能是以為我們遇到了危險，想去找大人幫忙。」

想了想，阿新繼續說道：「不管如何，我都不可能把志傑一個人丟在這裡，如果你不想進去的話，不如，你先回去與大家會合？」

說完，阿新也不再理會怪咖的意見，逕自轉身向著古廟走去。

看著阿新的背影，怪咖的眼神變得十分陰毒。

雖然阿新是少數不會欺負他的孩子，甚至還在王胖子欺負他的時候幫助了他，可是怪咖並不喜歡阿新。怪咖不明白為什麼阿新可以這麼受歡迎，而他卻經常被人欺負。

在怪咖的眼中，他在任何方面都比阿新優秀，只是運氣沒有阿新好而已。如果他有阿新的家庭狀況與容貌，而不是像現在這樣，有一對天天鬧離婚的父母，以及又矮又醜的外貌，那麼，他一定能夠活得比阿新更好。

在怪咖看來，阿新就只是個譁眾取寵的孩子而已。他才不屑像阿新這樣去討好其他的孩子，和他們去玩那些幼稚的遊戲。

至於阿新幫助他阻止王胖子，在充滿嫉妒的怪咖眼中，也成了一件傷害了他自尊的事情。在他看來，阿新也只是靠其他同學的幫助才將王胖子嚇跑，又不是他自己的本事。

可那次的事情過後，人人談到阿新都說他樂於助人。而他則成了被人施恩的角色。每次聽到時，怪咖都覺得很不爽，他又沒有開口向阿新求助，哪需要他多管閒事？阿新當時之所以幫他，其實也只是為了展現自己的同學愛而已。

然而，雖然心裡不喜歡阿新這個人，怪咖自覺自己是個恩怨分明的人。因此，知道廟宇裡面有什麼的他，一直想阻止阿新往古廟裡走。誰知道阿新偏偏要去送死，那就由他了。

反正，他已經阻止過阿新了，對方一意孤行，並不是他的錯。

更何況，能夠看到向來高高在上的阿新的慘狀，對怪咖這個總被欺負的孩子來說，隱隱有種報復般的快感——即使，阿新根本從未做過任何對不起他的事情。

這麼想著，怪咖便不再說話了，他默不作聲地，逕自尾隨在阿新的身後，進了古廟。

阿新才剛進入古廟，便聽到志傑興奮地呼喚。

「阿新，你還待在外面做什麼？快點過來看看！」

有點失笑地搖了搖頭，阿新便小跑著往聲音的來源走去，「我來了！幹嘛大呼小叫的!?」

志傑不好意思地搔了搔臉。

「因為太高興了啊！這裡真的太棒了！只要打掃一下，就是一個現成的祕密基地！」

說著，志傑看了看尾隨在阿新身後進來的怪咖，語帶警告地說道：「你可以和我們一起在這裡玩，可是出去以後絕不能告訴別人這基地的存在，也不許再帶其他人進來！」

「我就是想告訴別人，你管得著嗎？」

其實，怪咖原本就沒有打算把這裡告訴任何人，只不過志傑那種命令式的口吻，讓他感到不痛快，才故意要跟他唱反調。

志傑卻急了，「你又沒有朋友，告訴別人有什麼好處？你又沒有人可以帶進來一起玩。」

雖然志傑說的是事實，可是這句不客氣的話卻傷到了怪咖的自尊。

他緊握拳頭，雙眼通紅地狠狠瞪著志傑，彷彿下一秒就會與對方打起來。

阿新連忙上前打圓場，「好啦，志傑，我相信他會幫我們保密的。你不是想把這裡改造成基地嗎？我們還是先到處看看吧！」

「總是陰陽怪氣的，真是讓人討厭……」

志傑有點不服氣地小聲嘀咕了句，就不再理會怪咖，繼續興高采烈地查探著廟宇內部。

怪咖盯著志傑，眼中惡意滿滿。只是無論是志傑還是阿新，誰都沒有把這個瘦骨嶙峋的孩子的恨意放在心上。畢竟即使真的打架，輸的人也絕不會是他們。

手電筒發出的光束很昏暗。

兩名孩子藉著微弱的燈光，看到古廟內除了一個滿是塵埃的大型香爐外，便再也沒有任何擺設，就連神像也沒有。這座廟宇竟然空空蕩蕩地，也不知道原本供奉的到底是哪個神明。

志傑想要走近香爐那邊看看，卻不經意踢到了某個東西，發出「匡噹」的聲響。

「嗯？這是什麼？」志傑連忙把手電筒對準腳邊搜索，很快就在附近找到一把長滿鐵鏽的長劍，立刻興奮地撿了起來。

長劍拿在手上比想像中來得輕巧，因為劍身很薄，再加上佈滿鏽跡，早就失去了金屬的光澤，看起來毫不起眼，要不是一個不小心踢到了它，這把劍就會被他們給忽略了。

志傑把玩著長劍，突然發現地面還有個狹長的小洞，比了比劍身，似乎這把長劍原本應該是插在這裡，卻不知道被什麼人給拔了起來。

而就在這時，阿新也在另一邊找到了一把一模一樣的長劍。

「咦？這裡也有！」

這把長劍卻是插在地上，阿新靈機一動，便把手電筒照向香爐後方——地面上果然也插著兩把長劍。四把劍組成一個正方型，將香爐圍了在正中央。

「好奇怪！這劍的擺放方式是有什麼講究嗎？」阿新十分感興趣地說道。

的洞裡。

「誰知道呢？」志傑漫不經心地答了句，隨即便興致勃勃地想要將手中的長劍插回地面上

就在他要將長劍插下時，一聲微弱的聲響突然響起。

「這是……貓叫聲嗎？」

志傑嚇得把手中的長劍丟開，後來聽著那「咿咿呀呀」的聲響，有點不確定地詢問道。

因為聲響實在很微弱，阿新側著頭，細心聆聽了好一會兒，才神色微變地說道：「不，好像是小嬰兒的哭聲。」

他倆查探廟宇時，始終在一直在旁默不作聲的怪咖點了點頭。

「我也覺得是嬰兒的聲音。」

三名孩子面面相覷，隨即也想到事情的嚴重性。

要是這真的是嬰兒的哭聲，那就代表有人丟棄嬰兒，想到這裡，他們立即往聲音的來源走去。急於找到棄嬰的阿新與志傑，卻沒發現原本一直尾隨著他們的怪咖，並沒有跟著上前，反而還往後退去。

循著嬰兒的哭聲，志傑來到了香爐的位置。

「香爐底有東西！」眼角掃到地面有些東西在，志傑連忙蹲下查看，卻在看清楚那東西的

模樣後，嚇得尖叫起來，腿一軟便坐倒在地上。

「怎麼了⁉」阿新慌忙向志傑跑過去。

此時，志傑已嚇得連話也說不清楚了。

他顫抖著讓手電筒的光芒直直照射著地面上的東西，赫然發現那並不是什麼小嬰兒，竟然是一些帶著些微肉碎與頭髮的人骨，以及染滿血跡的破碎衣物。

阿新也嚇得驚叫出聲。

那東西一看便知道是人的骸骨，而且，看起來還是不久前留下來的。

硬是壓下心頭的恐懼，阿新拉起嚇呆了的志傑便想要離開。

「我、我們先離開這裡……」

此時，一頭像中型犬般的生物突然從香爐底竄出，迅速將志傑撲倒！

大吃一驚的阿新想也不想，就用手中的手電筒當作武器，用力打在那隻動物身上，成功地在那隻動物將志傑的咽喉咬斷以前，用盡全力將牠打退。那隻生物被他重重一擊打退後，摔倒在地上，看模樣，好像是一隻有著兩條尾巴的中型犬。

「我們快跑！」趁著那生物暫時被他擊退，阿新用力拉起跌坐在地上的志傑。

他驚魂未定，滿心只剩下逃離這裡的念頭，根本沒有多餘的心力，去觀察那隻凶猛的生物到底是什麼。

剛站起來，志傑的身體就不穩地晃了晃。阿新及時扶住這個世交好友，低頭一看，驚覺他的右腳被那隻生物抓出了幾道深深的傷痕。

「志傑，你還好嗎？」

「我還能走。」強忍著痛楚，志傑點了點頭。

阿新略鬆了口氣，連忙扶著志傑轉身向出口走去。

這時，兩人才發現一直跟在他們身後的怪咖不知道什麼時候不見了。

「那傢伙竟然先跑了？太過分啦！」志傑立即哇哇大叫。

阿新扶著對方，喘息不定地安撫道：「他留下來也做不了什麼，也許，他是去找人幫忙了吧。」

大概是想起自己一開始誤以為怪咖與阿新消失時，也是嚇得立刻想要丟下他們自己逃跑，志傑有些心虛地住了嘴。

兩人拚了命向大門的方向跑去。可志傑的腿受了傷，即使有阿新扶著走，也一樣走不快，而那隻攻擊人的生物，很快就又重新站了起來，向兩人發出威嚇的吼叫，叫聲竟然很像嬰兒的哭聲。可是，在生命受到威脅的狀況下聽起來，更讓他們感到不寒而慄。

因為事出突然，剛剛他們兩人都沒看清楚那怪物的模樣，現在仔細一聽牠的叫聲後才確定，很顯然那並不是任何他們所認知的任何生物。

「那到底是什麼怪物!?」

「牠追上來了！」一邊跑邊頻頻回頭查看身後的志傑驚呼。

聽到他的警告，阿新連忙回頭，只見追著他們的，竟是頭有著兩條尾巴的狐狸，微張著嘴巴，還露出了尖銳的牙齒，絕對是肉食動物。

「這、這是狐妖嗎!?」阿新倒抽了口涼氣。

那狐妖迅速地追上了奔逃的兩人，後腿一蹬便往志傑撲了過去。

志傑情急之下甩出手中的手電筒，很幸運地砸中了迎面撲來的狐妖。

可惜那隻狐妖似乎並未受到很大的傷害，很快地便再次追了上來，而且，速度還比先前更快了些。

狐狸發出了一陣陣淒厲的尖叫聲，顯然完全被獵物的反抗給激怒了，攻勢愈來愈兇暴。

為了閃避狐妖的攻擊，志傑與阿新兩人雙雙撲倒在地上，兩人還未喘過氣，狐妖已迅速轉身，咬向最接近牠的阿新。

阿新連忙把手電筒往前一揮，正好橫擋在狐妖的嘴巴前被狐妖狠狠咬住，一時間，一人一狐僵持了起來。

知道自己要是繼續扶著志傑這個傷患的話，兩人一起跑根本就跑不快，阿新揚聲喊道：

「志傑你先逃！」

儘管受了傷的右腿不停地流著血，可在強烈的求生意志下，志傑還是咬牙、忍著痛楚，一拐、一拐地向著大門走去。

荒涼的地面，留下一行拖行的鮮紅血跡。

狐妖見狀急了，便想先放棄與牠僵持不下的阿新，改而追上行動不便的志傑。

然而阿新察覺到牠的意圖，努力糾纏著狐妖，讓牠一時間無法脫身。

在對峙的過程中，阿新終於看消楚這隻食人的妖怪。

這狐妖有著一身雪白的毛皮，體型只比普通的狐狸大上一些，修長的嘴巴與四肢，讓牠看起來非常優雅，就連那緊咬著手電筒的嘴巴，所噴出來的喘息，都沒有肉食動物的腥臭味，而是帶著一股難以形容的甜香。

明明是頭狐狸的外表，可那雙狹長的狐目，卻流露出讓人臉紅心跳的媚意。

阿新在牠的瞪視下，意識恍惚，心臟不正常地怦怦亂跳，若不是知道這隻狐妖的兇殘，只怕會不由得因牠優美的模樣所著迷。

當時他並不知道，幸好他是個未經人事的小孩子，要是成年男女直接注視狐妖的雙眼，只怕已經被迷惑得引頸就戮了。

眼看志傑已經走到了大門前，阿新這才蓄力一腳踹向狐妖的肚子。趁牠被自己踹飛時，立刻轉身奔向大門。

從先前的兩次攻擊，可以推斷出這隻狐妖的抗擊能力很強，所以，這次他踢的是狐妖最為柔軟的腹部。這個對動物來說是弱點的位置，對於狐妖來說似乎也是其弱點。

被阿新踹飛的狐妖重重摔落在地面後，竟一時間站不起來，給了阿新逃跑的時間。

也沒時間確認這一踢的效果，阿新頭也不回地拚命往前奔跑，只覺得自己這一輩子從未跑得這麼快過。

志傑已經出了大門，他眼看也快要成功逃走了。只要他們兩人離開了古廟、將大門栓上，以這隻狐狸的力量，是無法破壞大門的，兩人便能夠從這隻狐妖的利齒下逃過一劫。

然而，已經走出大門的志傑卻停下了逃跑的動作。

阿新正奇怪對方為什麼突然轉身，卻見他竟然將古廟的大門關上了！

「不！」

離大門明明只有數步的距離，可這短短的距離，對阿新來說卻像是咫尺天涯。

他只能眼睜睜看著唯一逃生的出口，就在眼前封死。

「志傑！你做什麼!?」衝到門前的阿新用力一推。

可是大門卻是聞風不動，顯然志傑已經將門給栓上了。

「快點將門打開！」阿新用力敲打著大門。

「抱歉，阿新，我不能這樣做，那會把那隻狐妖也放出來的……」門外，傳來志傑微弱的聲音：「我、我現在就去找人幫忙……」

而後，再也沒有任何的聲音了。

阿新覺得自己的心都涼透了。

此時，狐妖已經咆哮著衝到面前，阿新情急之下只能再次把手電筒甩出，藉此爭取逃跑的機會。大門被反鎖，他也找不到可以逃走的路，只好在古廟裡盡力與狐妖周旋，又失去了唯一能夠作為武器的手電筒，也只能氣喘吁吁地在古廟裡繞圈子。

那狐妖似乎也察覺到牠的獵物已經是俎上肉，反而不急著抓捕他，而是像貓戲弄老鼠那般追著他玩，在他力竭想要停下來時補上一爪。

先前丟出去的手電筒在摔落地面以後，並沒有壞掉，依舊散發著微弱的光芒，阿新不至於完全看不見，可也找不出任何反擊的方式。

很快地，他的身上被狐妖抓出了一道道爪痕。他知道，被吃掉只是時間問題而已，可是求生的本能，卻又讓他不甘心就這麼停下來等死。可即使再不甘心，當時的阿新也只是個十歲的孩子，無論再怎麼頑強抵抗，他終於再也跑不動了。

看到獵物不再「活躍」，失去了戲弄獵物興致的狐妖張著嘴巴，狠狠往阿新的咽喉咬下去。阿新在危急關頭偏過了身體，雖然成功避開了咽喉被狐妖咬破的命運，可是狐妖還是咬住了他的肩膀，尖銳的牙齒深深陷在皮肉裡，阿新頓時痛出了一頭冷汗。

……難道，我就要死在這裡嗎？

饒是阿新的性格再樂觀，此時也不由得深深感到絕望。

他不想死，更不想經歷被猛獸活活吃掉的痛苦，可是他還能夠怎麼辦？

手無寸鐵的他，可以做什麼？

被狐妖撲倒在地上的阿新，因為劇痛而眼神恍惚起來。側頭看到狐妖因為咬住他的肩膀而伸展的修長脖子，一時血氣上湧，懷著即使要死也不讓對方好過，你咬我，我也咬你才不吃虧的想法，狠狠地咬住了狐妖的脖子。

這一口咬得很重，大量鮮血從狐妖的傷口處流入阿新的口中，恍惚間，阿新只覺得這鮮血竟然是甜的，就像狐妖身上帶著的惑人香氣一樣，有種難以言喻的甜美。

對於很多生物來說，脖子都是一個很脆弱的地方。這隻狐妖也不例外。

狐妖一個吃痛後，便鬆開了阿新肩膀想要往旁邊避去，可此時阿新卻不鬆口了。

對他來說，讓狐妖獲得自由，下一秒就是他的死期，所以，他緊咬著狐妖的脖子，就是不鬆口，雙手也死抓住狐妖純白的毛髮不放。

隨著雙方的對峙，阿新覺得狐妖的身邊好像浮現起淡淡的光芒，這奇異的情景令他走神了一瞬間，結果，卻讓狐妖找著了機會掙脫了他的束縛。

……**糟糕了！**

阿新的啃咬對狐妖來說，除了讓牠疼痛以及流了些血以外，並沒有造成太大的傷害。

因此狐妖在重獲自由後，便再次迅速往阿新撲過去。

阿新晃了晃腦袋，也不知道是不是失血過多產生幻覺，還是狐妖的血有毒，他看到的事物竟然變得奇怪起來。不只狐妖身上浮現出淡淡的光芒，阿新看到古廟內還有四個發光體，仔細一看，正是那四把長滿鐵鏽的長劍。

被狐妖追殺的阿新，原本已經忘了這些長劍的存在，可眼下藉著附在長劍上的淡光，他發現四把長劍之中，唯一一把被人拔出來的長劍就在他身旁，連忙彎腰將它撿了起來。

即使這長劍已經不鋒利了，但至少比赤手空拳來得好。

他只想盡力一搏，可原本來勢洶洶的狐妖，卻在他手握著長劍時，停下了衝撞的動作，似乎非常顧忌這把長劍，猶豫著不敢接近。

……難道這把長劍能夠殺死這隻怪物？

阿新心念一動，頓時有了信心，正想用這把長劍與狐妖展開殊死戰時，卻注意到腳旁還有一道光芒在。那是手裡這把長劍被拔起時，劍身在地面留下來的洞穴。

一個大膽的猜測在阿新的腦海中浮現。

一旁的狐妖看到阿新的視線投向那個洞穴上時，焦躁低吼了聲，就不再猶豫，向他衝了過來。

狐妖的舉動間接印證了阿新腦中的猜測，讓他決定冒險。面對著迎面衝來的狐妖，阿新並沒有選擇再舉劍阻擋，而是用力將劍對著它原本應該待著的位置插下去。

就在長劍插進地面的瞬間，狐妖發出一陣淒厲的悲鳴，隨即竟然消失了。

威脅著性命的危機解除，早已精疲力盡的阿新也終於倒下。

在昏迷以前，阿新看到眼前的景色一轉——什麼長劍、香爐等全都不見了。

阿新心裡滿是疑問，可力竭的他只能不甘心地閉上了雙眼，昏睡過去。

章之八 釋懷

「當我再次醒來，卻已經是三天以後的事情了。」阿新嘆了口氣，繼續說道：「明明我身上的傷勢不至於讓我昏迷這麼久，可是那三天，我卻是怎樣也無法清醒，父母都快要急死了。在我再次睜開雙眼的時候，眼中的世界，卻變得和以前所看到的普通景象截然不同，從此以後，我就能夠看得到妖怪。」

在聽完阿新這個驚心動魄的故事後，林鳴默然了半晌。

「是因為狐妖的血？」待隨著故事而激動的心情平復了些，他尋思說道：「還是因為那些長劍？最後，那隻狐妖以及古廟為什麼會消失呢？」

其實，林鳴還有很多事情想問，阿新的故事，聽起來實在有太多謎團了。

「我是在一個山洞被人發現的。他們說山洞裡除了那具殘缺的骸骨以外，就什麼都沒有了。」阿新補充說道：「聽到我與志傑的描述後，大人都認為我們是誤闖了野獸的巢穴，因此受到了野獸的攻擊。而我們所看到的古廟等東西，只是因為過於恐懼而出現了幻覺而已。

後來，骸骨經化驗後證實是屬於失蹤的王胖子，因為這次的事件死了人，小鎮對此非常重視，便派人上山尋找那隻食人的野獸，但是完全沒有收穫。」

說到這裡，阿新嘆了口氣，「差點兒被狐妖殺掉，再加上突然看得見妖怪，那時候我被嚇壞了，有很長的一段時間心情都非常低落。而志傑那時候把我與狐妖困在古廟中的舉動，也打碎了我們之間的友情，朋友是再也當不成了。」

「……」放下吹風機，手指纏了些阿新柔軟蓬鬆的頭髮的林鳴，抿了抿嘴。

對這件事情，他覺得自己沒有什麼立場發表評論。

只不過……

也許，他一直以來對交友的態度，是不正確的。

不論是對孰湖那些妖怪，或者是阿新。

阿新會選擇不告訴他……

除了童年的經歷造成的影響，或多或少……還是跟他一慣冷淡的態度有關吧。

「也許是遷怒吧……」反手握了下對方的手指，阿新換了個比較舒服的姿勢，跟阿鳴並肩靠坐在床鋪上，「後來志傑還怪罪怪咖當時獨自逃走，故意去找怪咖的麻煩。我一得知就立刻趕過去制止，畢竟那次的事情也怪不得怪咖。」

但想不到，在志傑揍了怪咖兩拳後，對方不小心在言談中洩露出對於那隻狐妖的事情，怪咖並不是毫不知情。

即使性格再扭曲陰沉，怪咖終究只是個孩子，根本藏不住祕密，被志傑刺激了幾句，一不小心就把自己早已知曉狐妖的事情給說了出來。

故事聽到這裡，林鳴都不知道該說什麼才好了。

當年的阿新還真的是夠倒楣的了，發生事情時，身邊的人一個是從小一起長大的好友，另一個則是曾經出手相助的同學。

可是他們在遇上危險時，不幫助阿新就算了，一個是明知道那裡危險卻任由他去送死，一個是在逃生後把門栓上，將他與狐妖關在一起……

這樣一想，林鳴突然覺得比起自己曾經因為看得見妖怪而受到的排擠，阿新的遭遇倒楣得多，也難受得多了。因為曾經被最好的朋友出賣過，也難怪對於是否相信自己、向自己坦白，阿新會有這麼多的顧忌。

要是連從小一起長大的朋友都會這麼對自己，那他這個才認識不久，又總是一副愛理不理，什麼事都不上心的同學兼室友，阿新又能夠相信幾分呢？

「那件事情過了不久，志傑便因為心理創傷而舉家遷往外地。其實，我對於當年的經歷，有很多事情也是摸不著頭腦。結果，今天把這個故事告知孰湖他們以後，他們倒是有不少見解，也算是解答了多年來埋藏在我心裡的疑惑了。」

看到阿鳴一臉好奇的表情，阿新不由得勾起了嘴角，繼續說道：「根據孰湖他們的猜測，我們當年遇到的，應該是一頭被人封印的九尾狐妖。」

「但你先前遇上的狐妖，不是只有兩條尾巴？」

九尾狐這種妖怪經常在動畫、漫畫中出現，林鳴對牠的外貌並不陌生，可是卻對不上阿新在故事中的形容。

阿新點了點頭，解釋道：「那是我們幸運。狐妖的尾巴代表著牠的能力，能力愈高尾巴的數量便愈多。要是我們遇上的是真正擁有九條尾巴的狐妖，只怕已經死得不能再死了。」

林鳴對九尾狐的知識只來自於漫畫所見的隻字片語，聽到阿新這麼說，也不由得為他捏了一把冷汗。

「九尾狐喜食人，在古代是術士頭號斬殺的對象。孰湖猜測，那隻狐妖原本應該是道行高深的九尾狐，術士無法將其斬殺，於是便把牠封印。而隨著時間的流逝，那狐妖因為從不間斷地衝擊封印而道行大減，從九尾變成了兩尾，也終於讓牠把封印衝開了一條裂痕。」

阿新喘了口氣，繼續說道：「而封印原本應該是隱藏起來，尋常人看不見的，那隻狐妖衝破了封印後，才讓人能夠看見。另外狐妖善惑，喜好用幻象迷惑人類，孰湖猜測狐妖只是把封印衝破了一個缺口，卻無法離開，於是便放出幻象來迷惑路過的王胖子，讓他以為那裡有寶藏，最終把人引誘進去吃掉。」

聽到這裡，林鳴也明白了，「而你們那次，則是用嬰兒的哭聲？」

阿新點了點頭。「另外孰湖還猜測，我與志傑之所以會看到狐妖，就是因為封印被破壞，我們闖入了封印的範圍的緣故。後來封印被我誤打誤撞再次修補後，眾人再也找不到那隻狐妖以及作為封印的長劍了。」

「那，你之所以看得見妖怪……」

「嗯，我之所以會變得看得見妖怪，大概是因為咬了那狐妖一口，喝下了牠的鮮血。那隻狐妖雖然因為多年被封印而實力大減，可是妖力還是在的。」

頓了頓，阿新又說：「孰湖說，要不是那隻狐妖處於虛弱的狀態，光是喝下大妖的血液，就足以讓我中毒身亡了。而那把被我撿起來的長劍，應該就是封印被衝破的一角，我把劍插了回去，於是封印便重新發動。

另外孰湖還猜測，封印發動時抽取了我的力量，因此，我才會昏睡了這麼久才醒來。」

得知阿新之所以能夠看得見妖怪，竟是因為他喝下了狐妖的血液，林鳴不由得對此感到很不可思議。想不到大妖的鮮血竟如此霸道，硬生生將一個普通人的體質改變了。

想到這裡，林鳴突然想起兩人相處時曾經出現過的小插曲。

「除了能夠看得見妖怪以外，阿新你是不是還有別的能力？比如能夠察覺到妖怪強弱之類。」

「你怎麼知道的？」阿新一臉驚訝。

「不是有次孰湖與白虎一起從窗外往下掉嗎？那時候你嚇了一跳，還說『貓這樣掉下來不會有事嗎？』，當時我沒有多想，因為大家都能看得到白虎，因此你看到貓掉下去是正常的。」

林嗚解釋道：「可現在知道你能夠看得見妖怪後，這麼說，豈不代表你能夠一眼就看出白虎很強，知道大家都看得見白虎嗎？

我是在認識孰湖他們以後，經由他們口中才知道白虎的事情。所以我想，你是不是能夠分辨哪些妖怪強大到能夠任意被普通人看得見？」

阿新一直知道阿嗚很聰明，可還是有點意外阿嗚的敏銳，更想不到以前一件不起眼的小事情，他到現在還記得。

「是的。我不是說當年能夠看得到狐妖以及那四把劍上面有光芒嗎？這光芒應該就是妖力以及封印的靈力。後來我便發現妖怪身上都有這種光芒，而光芒的強弱則代表著妖怪實力的強弱。」

阿新說道：「那些力量強大的大妖，都能夠被普通人所看見，而且還喜歡披著動物的外貌，遊走在人類之間。不過，有著這麼強大能力的妖怪，實在是鳳毛麟角就是了。」

想起那時阿嗚的反應，阿新忍不住勾了勾嘴角。

「第一次看到白虎時，我就能夠分辨出牠的能力很強，再加上我當時被牠與孰湖的出現嚇了一跳，我不能說自己看到孰湖，因此我就告訴你被貓嚇到了。」

在因為阿新的能力感到驚嘆的同時，林嗚不由得酸溜溜地說道：「讓你這麼費心地隱瞞著我，還真是辛苦你了。」

聽到阿嗚這麼說，阿新知道對方仍是有些怨氣，不過卻已經沒有先前那麼生氣了。

於是他決定多加把勁，神色頓時變得哀傷起來，「阿嗚，我知道我這樣騙你，你一定很難過。可當年我實在被傷得很深，我不明白為什麼怪咖明知道那裡有危險，還是任由我們進去。雖然他是阻止過我沒錯，可態度卻並不堅決。哪怕他再堅持一些，我也就不會進去了。可是他沒有，反而任由我與志傑進去以後，他選擇默不作聲地偷偷離開。」

偷偷觀察阿嗚的表情，看到對方因為自己的話而露出同情的眼神，阿新心裡大呼「好耶」，語調更是悵然了幾分，「怪咖就算了，畢竟我雖然曾經幫助過他，可是與他並沒有太大的交情，但志傑的舉動真是令我太難過了。」

見阿新這麼傷心，林鳴安慰道：「雖然志傑把你困住，但他的確如他允諾的那樣，去找人救你了。」

阿新其實心裡也是這麼想的。雖然志傑在危急關頭把門栓上，無疑是斷了他的生路，但他終究是因為志傑把人帶來後山而得救的。

不然他一直昏睡在山裡，誰知道會發生什麼事情呢？

「我也明白的，在自身的生命受到威脅時，志傑將門栓上確保狐妖無法追上來，我無法說他錯了，也理解他的做法。可是當自己成了被放棄的那個受害者，心裡卻無法好受。」

看到素來樂觀開朗的阿新難得沮喪的模樣，林鳴只覺得心軟得一塌糊塗，只顧著安慰他，剛剛的怨氣不知不覺已經煙消雲散了。

阿新知道自己這次是過關了，苦肉計果然有用了。

不過為避免被阿鳴秋後算帳，他還是要爭取對方親口說一聲不怪他比較好。

於是化身為心機男孩的阿新再接再厲，「阿鳴，我再次對你說聲抱歉。雖然我一直告訴自己這沒什麼、別人把自身的安危放在首位是很正常的，但我還是很難過。志傑他丟下我獨自逃跑就可以了，可是他卻把門栓上斷我生路，這點我到現在還無法釋懷。

得知你能夠看得到妖怪時，我真的好高興。可那時候我卻退縮了，沒有向你坦白，是因為我怕、我怕再次受到傷害。」

林鳴對於阿新的話感同身受，因為他升上國中後一直沒有結交朋友，便是因為小時候被人當成異類覺得害怕了。因此寧可孤單一人，也不願意再給予別人傷害自己的機會。

對阿新這番話感觸最深的人，可以說就是林鳴了。

阿新垂著頭顱，就像一隻惹了主人生氣似的大型犬。

「其實我後來也想通了，也想向阿鳴你坦白的。可是，那時候你一副不願意與我深交的模樣，我擔心如果與你坦白的話，反而會失去你這個朋友，因此便一直不敢說了。」

林鳴也知道自己最初認識阿新時是什麼樣子的，就算現在他與阿新成為好友了，在別人眼中也是個孤僻的人吧？

看到阿鳴明顯地動搖，阿新使出最後一擊。

「阿鳴，我隱瞞你，是因為不想失去你。」

「……這是什麼撩妹的手法嗎？」聽到最後一句，林鳴非但不覺得感動，反而想打人。

「哈哈哈！怎麼會？我可是真心的！」阿新打哈哈地說道。

雖然他這番話是真心的沒錯，可是他死也不會告訴阿鳴，這句話，他是從八點檔的電視劇那裡學來的，剛剛不知怎地頭腦一熱，這台詞便脫口而出了。

這事情可千萬不能讓阿鳴知道！

幸好林鳴也沒有繼續深究，想到阿新的童年經歷，再想到自身的態度也的確有令人卻步的地方，林鳴長吁了口氣，阿新不敢向他坦白，確實也不能完全怪到對方頭上。

更何況，室友都這麼誠懇地道歉了，他又不是真的想要與對方絕交，表達了一番不滿後，還是鬆口說道：「好吧！我接受你的道歉，但以後不可以再這麼隱瞞我了。」

阿新暗暗鬆了口氣，心想裝可憐雖然可恥但是有用！

與阿新和好，再加上解答了內心的疑問後，喝了酒的林鳴，眼皮就沉重了起來。

阿新看著頭顱一點、一點打著瞌睡的林鳴，有點好笑地揉了揉他的頭髮。

「今天早些睡吧！有什麼事情明天再說。」

才關燈不久，很快林鳴便已經熟睡了，甚至還少有地輕輕打起鼾來。

黑暗中阿新勾起了嘴角，輕聲說道：「晚安，做個好夢。」

尾聲

「小鳴鳴，今早看到你與阿新一起上學來著！所以，你跟阿新現在是和好了嗎？」

第二天，林鳴才剛出現在儲藏室，孰湖立即興沖沖地迎了上去，一臉八卦的模樣。

林鳴不習慣與別人談論阿新的事情，再加上想起昨天自己犯蠢，差點在眾目睽睽下吻了阿新，林鳴表現得更加不自在了。

「就是……和好了。」

孰湖高興地拍了拍他的肩膀。

「和好就好了，要是阿新有時間的話，你就帶他過來一起玩吧！他也是個有趣的人啊！」

林鳴猶豫片刻，說道：「可是阿新不是早就說過，他不想與你們有太多的牽扯嗎？」

頓了頓，他又有些垂頭喪氣地詢問：「孰湖，你說阿新他……是不是討厭妖怪？」

林鳴這麼問也不是沒道理的。

他以前也一直覺得妖怪並不是什麼好東西，阿新更曾經被妖怪直接傷害過，會不會就像以前的他一樣討厭妖怪呢？

林鳴知道自己這樣想很自私，可是阿新與孰湖他們都是自己的朋友，他並不希望他們彼此有嫌隙。

孰湖聞言笑道：「唉呀～～阿鳴，你為什麼會這樣想呢？如果阿新真的討厭妖怪的話，就不會過來找我們說話了。那時候他之所以想與我們撇清關係，主要也是怕你起疑而已啦。」

「可是，阿新曾經因為狐妖的傷害而差點沒命，還失去了從小一起長大的好友之間的友情。」林鳴不安地說道：「我擔心他心裡會不會對妖怪有芥蒂，因此討厭你們。」

孰湖不正經地戳了戳他的臉頰。

「阿鳴你好笨！阿新才不會這樣，反正我覺得阿新和你是滿像的。」

林鳴頓時訝異地瞪大雙目，「怎麼會？我與阿新根本一點兒也不像！」

明明一個很孤僻，一個非常受同學歡迎……

孰湖搔了搔頭，「是嗎？可是我覺得你們滿像的。你們其實並不在乎對方是人是妖怪，相比這些，你們更在乎對方的本質。阿鳴你待人冷漠，阿新對所有人卻是同樣的好，這不等同於沒有對哪個人特別好嗎？

這也是一種變相的冷漠吧？」

林鳴覺得孰湖說得好像有些道理。

正想著孰湖說的話，林鳴就聽到對方喊了聲。

頭。

「不對！阿新才不是沒有對哪個人特別好，他對阿鳴你就是特別地好！」

聽到孰湖這麼說，林鳴覺得有些赧然，又有些高興。

就在他想要說什麼時，便見孰湖指了指儲藏室的大門。

「喏，他不是來了嗎？」

看著走進儲藏室、受到妖怪們熱烈歡迎的阿新，林鳴突然覺得有種溫暖的感覺充滿了心頭。

曾經，他下定決心不再相信別人，認為自己獨自一人也可以過得很好。

把自己孤立起來，與外面的世界隔絕，認為這樣便能夠不再受到傷害。

可是，不知道從什麼時候起，原本孤單一人的自己身邊，開始出現各式各樣的人。

有人類，也有妖怪。

然後驀然驚覺，才發現自己早已不是一個人了。

那是在一開始，他完全始料未及的狀況。

不過……那也很不錯不是嗎？

《２０３號室的妖怪先生外傳小說～室友這種生物～》　完

原作後記

初次見面和再次見面的讀者大家好，這裡是ＭＡＥ。

很開心這次能和香草老師合作，在老師手中看到另一種感覺的阿嗚（和小伙伴們）真的十分有趣，閱讀時總是很期待他們的會做什麼樣的反應，非常的感謝！

《２０３號室的妖怪先生》是我第一個商業作品，在完結一年多後可以再看到他們活躍的樣子也是滿開心的，畫了許多阿新和各種在本篇時很難遇到的畫面，算是補足了本篇的小小遺憾吧！

如果能讓大家看得開心就太好了喔！

作者後記

大家好，感謝各位購買這本《２０３號室的妖怪先生～室友這種生物～》。

一直很喜歡妖怪題材的故事，因此有幸獲得東立出版社的邀約時我立即心動了。看過編輯大人傳過來的漫畫資料，頓時喜歡上漫畫那種簡約清新的風格。

第一次接觸改篇小說的工作，對於習慣了寫自創小說的我來說，是一個滿新奇的挑戰。因為擔心會把角色性格寫偏的關係，在摸索著動筆的過程中，原著漫畫都被我翻看了好幾次，希望能夠把ＭＡＥ老師筆下的角色原汁原味地在小說中呈現給大家。

如果大家有看過我在東立月刊的訪談，應該知道在漫畫中我最喜歡的角色是神獸／貓咪（？）白虎。也許因為自己有養寵物的關係，看到老爺爺與白虎的部分時，我的感觸特別深。家裡養的小狗都已經是十四歲高齡了，最近牠的身體開始出現各種毛病。如果將來牠不在，我一定也很寂寞的吧？（感慨～～）

在構思小說的內容時，我希望能夠寫寫阿嗚以外其他角色的故事。立即想到的是那個在漫畫裡出場的戲分不算很多，可是卻非常吸引目光、充滿謎團的阿新。

當我回覆我想寫阿新的故事時，編輯大人告訴我寫ＢＬ也可以喔！

其實我是滿心動的啦，阿新與阿鳴二人無論是性格還是身高差也非常有ＣＰ感，阿鳴在我心裡根本就是女主角啊！

不過我最終還是沒有讓他們正式在一起，而是選擇讓小說走曖昧路線，這種「友達以上，戀人未滿」的狀態比較好玩，更有初戀（？）的感覺。

在於雙方互相坦白、將一切說開以後，他們之間水到渠成的感情會有怎樣的發展，就留待大家想像囉！

香草

ORIGINAL
原創
酷小說
COOL NOVELS

外傳小說 203號室的妖怪先生
～室友這種生物～

作者：香草

原作、插畫：MAE

【發行人】范萬楠
【出　版】東立出版社有限公司
【地　址】台北市承德路二段81號10樓
TEL：(02)2558-7277
【香港公司】東立出版集團有限公司
香港北角渣華道321號
柯達大廈第二期407室
TEL：23862312

【劃撥帳號】1085042-7
【戶　名】東立出版社有限公司
【劃撥專線】(02)2558-7277總機0

【美術總監】林雲連
【文字編輯】王藝婷
【美術編輯】江靜瀾
【印　刷】勁達印刷廠
【裝　訂】台興印刷裝訂股份有限公司
【版　次】2017年4月20日第一刷發行
2018年11月25日第二刷發行

東立小說網站：http://www.tongli.com.tw/NovelIndex.aspx

ISBN 978-986-486-080-7

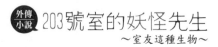